© Del texto: 1996, Víctor Carvajal
© De las ilustraciones: Eduardo Osorio
© De esta edición:
   2016, Santillana del Pacífico S.A. Ediciones
   Andrés Bello 2299 piso 10, oficinas 1001 y 1002
   Providencia, Santiago de Chile
   Fono: (56 2) 2384 30 00
   Telefax: (56 2) 2384 30 60
   Código Postal: 751-1303
   www.santillanainfantilyjuvenil.cl

ISBN: 978-956-15-2736-2
Impreso en Chile. Printed in Chile
Tercera edición en Santillana Infantil y Juvenil: septiembre de 2017
27 ediciones publicadas en Chile por el Grupo Santillana

Dirección de Arte:
José Crespo y Rosa Marín
Proyecto gráfico:
Marisol Del Burgo, Rubén Chumillas y Julia Ortega

Ilustración de cubierta:
Eduardo Osorio

Mamire, el último niño

Víctor Carvajal

SANTILLANA
Infantil

A la memoria de mi padre.
Al pueblo de Huasquiña, esta fábula verídica.

El valle de aroma

«Quisiera que volvieran
los años de mi infancia
para vivir alegre y sin preocupación...»

Así suele cantar doña Mercedes Ocsa, una de las abuelas centenarias de Mamire, el último niño del valle de Aroma.

Mamire vive entre ancianos que suspiran por el luminoso pasado y miran con temor el futuro porque sólo un milagro puede salvar la vida en el pequeño valle, que no figura en atlas ni mapas. En medio del desierto, el Aroma yace enterrado, casi, entre cerros parduzcos y secos. Es un corredor estrecho que bordea unas diez leguas el curso del río, y baja de la cordillera nieve a la mar salada, a través del corazón ardiente de un territorio arisco, despoblado y solitario. El valle es el único corredor verde en cientos de kilómetros a la redonda.

En Aroma se alza un caserío cruzado por dos calles que nacen del cerro arriba y terminan cerro abajo junto al esmirriado río. En la plazoleta del pueblo están la capilla, la escuelita, el mercado y la alcaldía, edificios todos de piedra cal, adobones y pajabrava. Unos pocos árboles se suman a los frutales que se alzan en los patios interiores de las moradas, blancas todas como la misma sal del desierto.

En sus buenos tiempos, Aroma fue próspero, rico en frutas, hortalizas y verduras que crecían en abundancia. Lo obtenido entonces satisfacía las demandas de la población del valle y también las de los poblados vecinos. Famosos fueron los mercados que cada semana se hacían en pueblos aledaños y adonde acudían los lugareños a intercambiar productos y mercancías.

En aquel entonces la vida no solo era próspera y abundante. Los arominos vivían en perfecta armonía, tal como Dios lo dispuso, en sus casas de un piso levantadas en medio del escaso verde y de los empinados cerros que sorprenden la mirada con el cambiar constante de su colorido.

Las familias Huarache, Soto, Panire, Gamboa, Choque, Lucai, Caipa, Ocsa, Cevallos, Perea y Contreras vieron crecer con satisfacción a sus hijos. Los enviaron a la única escuela del pueblo y al tener edad para merecerlo, los hicieron novios y los casaron sin dilación para que la vida en el valle prosperara.

La vida en plena pampa es silenciosa, arisca y solitaria y los hombres son parcos y cautelosos. Los niños, sin embargo, cuando los había en abundancia, se manifestaban a grandes voces, risas y gritos bajo el invariable sosiego de las montañas. Ahora, en cambio, es el viento la única compañía de Mamire. Y también el rumor del río, el que con su borboteo, tenue y amistoso, parece risa de aguas en cada choque contra las piedras; esa alegría recibe al niño que por ahí cruza cada tarde, cuando el pastoreo lo lleva hasta los cerros. Tal vez por ello los lugares preferidos de Mamire para sus juegos son las dos riberas del río.

Los primeros en marcharse

Cuentan los ancianos que hace ya muchísimos años la modernidad se tragó la vida mansa del pueblo. Por el valle se internó un día la interminable hilera de afuerinos, apertrechados de herramientas, arracimados en máquinas blindadas que con motores amenazantes remecieron hasta las rocas del paraje. Aquellos hombres levantaron a su paso una polvareda que ocultó el sol por varios días consecutivos.

Entre los vecinos del valle corrió en aquel entonces el rumor de que la prosperidad, cual reina y séquito, era la que llegaba.

Pero esos hombres empujando el futuro sobre las brechas polvorientas no acudieron precisamente para quedarse. Apenas se detuvieron un instante a saciar la sed de las máquinas, para continuar enseguida su viaje al interior del desierto, dejándose tragar por la más estrecha de las pedregosas gargantas. Atravesaron montañas, dejando señales profundas en la arena endurecida; por ellas debían seguir ruta los vehículos venideros, sin que extraviaran curso y camino en aquel océano de roqueríos, montículos y quebradas.

Con el tiempo ese mismo camino se fue llevando a los hombres jóvenes de Aroma. Los atrajeron las promesas de riqueza que ofreció la extracción salitrera en pleno corazón de la pampa. El joven yacimiento necesitaba brazos vigorosos y resistentes, aclimatados al quemante sol del día y al helado aire de las noches.

Los arominos que se marcharon del valle aprendieron rápidamente a conocer el valor del dinero. Con idéntica celeridad, comenzaron a menospreciar labores que no eran debidamente remuneradas. En el pasado quedó la vieja y sabia costumbre de ser generosos y bien dispuestos para regalar a los demás el tiempo libre de cada cual. En aquel entonces, en lugar de preguntarse: «¿Qué gano yo con esto?», pensaban: «¿Qué bien puedo hacerle a los demás?» cada vez que ofrecían su tiempo sobrante. También en el recuerdo quedó aquella vida anterior cuando el comercio se hacía con trueque y permuta. Eran los tiempos de antaño. Las salitreras se alzaron cual ciudades esplendorosas creando su propia moneda de compra y de cambio. Tan florecientes eran, que solo un loco habría podido pensar que en pocos años serían restos y escombros.

En los hogares sin varones del Aroma, las madres ocuparon el lugar dejado por los maridos. Y los hijos, después de la escuela y de las labores del campo, secundaron en la casa a las mujeres en aquellos trabajos que antaño solían hacer los hombres. Por ello, fue habitual ver en Aroma a niños detrás de mulos cargando leña, arreando chivos de monte, soportando pesados atados de hierbas sobre el esqueleto de sus hombros.

Por esos tiempos, los niños asistían a la escuela tres o cuatro años a lo más. Pocos llegaban al sexto año de educación obligatoria. En menos que canta un gallo, aquellos mocosos también emigraron hacia el interior del desierto por la única senda que les hizo seguir calcados los pasos de sus padres, ilusionados con alcanzar la fortuna que bondadosamente parecía repartir esa tierra sobrada de sales y minerales.

La explotación del salitre creó un puerto junto al mar. Cercano a la playa desierta, sobre el roquerío inhabitado surgió una ciudad que llamó con sus cantos de opulencia a los hombres deseosos de obtener el mayor de los provechos de la fuerza joven de sus brazos.

El yacimiento creció en decenios, hasta que los alemanes, en menos tiempo, inventaron salitre de laboratorio y con él llenaron los mercados mundiales. El mundo dejó de comprar salitre natural y entonces las oficinas de la pampa iniciaron su decadencia hasta su total extinción. Así, quedaron convertidas en verdaderos pueblos fantasmas. Sin embargo, la ciudad y el puerto corrieron una suerte distinta, creciendo con el paso del tiempo. Hacia allí continuaron emigrando los habitantes de los pequeños pueblos del desierto.

El valle de Aroma quedó justo a medio camino, entre la ciudad nueva y las ruinas de la oficina salitrera. Achicóse el valle de Aroma poco a poco. Se puso enjuto, como una espiga verduzca. Varias generaciones pasaron hasta que el valle, a finales de este siglo XX, quedó habitado solo por ancianos que viven de la poca siembra del maíz, del ajo y de la papa; viven sembrando recuerdos, sintiendo ansias de elevar al monte sus voces, entonando antiguas tonadas que evocan un pasado brillante.

Pero hay que ser justo. Los ancianos también se alegran al observar cada mañana, feliz camino a la escuela, al último niño del valle: Mamire, el nieto de todos los abuelos.

Sus padres forman el más reciente de los matrimonios y se comenta que por ser los últimos, muy pronto emprenderán la marcha definitiva. Pero mientras aquello no ocurra, cada anciano del valle se siente abuelo de Mamire. Fueron ellos quienes le enseñaron, a su debido tiempo y por turno, mucho de lo que el niño sabe.

De la abuela Ocsa, aprendió el canto. De doña Gregoria, obtuvo las tradiciones de familia, los secretos del riego; los misterios del valle los aprendió de la autoridad del pueblo, el abuelo Panire; los del rebaño y su pastoreo los aprendió observando cada movimiento del viejo Caipa. El humor sereno lo heredó del abuelo Cevallos, que siempre está de risas, y la seriedad de la vida, de la abuela Perea. A cazar liebres le enseñó el abuelo Contreras. La abuela Huarache fue la primera en mostrarle los colores de las montañas. Los nombres de las estrellas se los enseñó el abuelo Gamboa, aficionado a las sorpresas del cielo.

De cada abuelo Mamire obtuvo parte de la sabiduría del valle y cada uno de ellos vio en el niño de Aroma al más apreciado de sus nietos.

Un domingo a la hora del té

18   Aquel domingo era día de descanso en la casa de Mamire. A la hora del té, las doñas de Aroma se reunieron con Gregoria, porque a ella le correspondía las onces de esa semana. Entre galletas de chuño, mermelada de damasco, dulce de membrillo y el infaltable té negro de las cinco, las abuelas comentaron el tema que más las preocupaba.

—¡Qué montón de viejos quedará en este valle cuando se vaya mi nieto! —dijo doña Gregoria, al cabo de un rato.

—¿Qué esperanza habrá de que los jóvenes vuelvan algún día? —se lamentó Lastenia Huarache.

—Es cierto que los viejos nos esforzamos demasiado por entenderlos. Y sin darnos cuenta los empujamos a que nos abandonen para siempre —comentó Elcira.

—Perdemos la tradición —agregó doña Benita—. No hemos sabido mantener nuestra historia en el corazón de estos hijos. Porque solo con el corazón echa raíces el hombre.

—Cierto es que vienen a visitarnos para la fiesta del día cuatro, la Navidad y el fin de año, pero...

—Pero, ¿cómo los obligamos a quedarse, si hay otros lugares que los atraen tanto? —comentó con resignación la abuela Ocsa.

—Tendríamos que retenerlos con razones que no puedan rechazar —reflexionó Gregoria.

—Ofrecerles un buen encanto, porque así como así, no se van a quedar.

—Y que vengan niños para que el maestro no se vaya —murmuró, Mamire.

—¿También el maestro quiere dejarnos? —se inquietaron las abuelas.

—Este nieto es su único alumno —meditó Lastenia—. Después de tener el aula llena de pupilos... ¿Qué puede hacer el hombre ahora que solo le queda un puro niño?

—¿Y tenemos que esperar hasta que termine el año para irnos? —preguntó a su mujer el padre de Mamire, aprovechando que tocaban el tema.

—El maestro dice que no es recomendable interrumpir las clases del niño.

—¿Y tú le haces caso, mujer?

—Es lo que me dijo.

—Lo que él no quiere es quedarse sin alumnos, porque tendría que cerrar la escuela. Para él es fácil ganarse el sueldo. Su salario llega sagrado cada mes. Yo, en cambio, si hoy no trabajo mañana estoy sin sustento.

—Eso no es cierto, hijo —rompió su silencio doña Gregoria—. Sabes muy bien que laborando en la huerta nunca te faltará de comer y que tuyo será finalmente cuanto poseo. Y si quieres saber mi opinión, creo que mi nieto debe terminar el año antes de marcharse.

El niño, con sus diez años apenas, escuchaba desde un rincón del comedor de diario. En aquella habitación se desarrollaba la mayor parte de la vida familiar, alrededor de la cocina, un viejo armatoste de hierro que funcionaba a leña. Allí hervía hoy la tetera para las visitas del domingo.

La abuela Gregoria sorbió su té negro en silencio, observando al hijo que no resistía las ansias de abandonar el valle.

El niño contemplaba a sus padres con los ojos negros, brillantes, a punto de desaparecer bajo el brillo de la incertidumbre.

—¿Piensas irte de todos modos, hijo? —insistió Gregoria.

—Después de la fiesta nos vamos.

—¿Por qué tanto apuro? —se quejó la anciana—. Déjale al nieto terminar la escuela.

El niño miró a su abuela y un relámpago se posó entre sus párpados, un destello de entusiasmo que apenas duró un segundo.

—Madre —protestó el hombre—. ¿Cúantos meses he de esperar todavía? Mi hijo es el único alumno de Aroma.

—Nieto, ¿cerrará tu maestro la escuela?

El niño abrió de susto aún más el azabache que tenía por mirada y negó lenta, tímidamente, con leves movimientos de cabeza.

—Como sea —prosiguió el hombre—, no puedo pasar el resto de mi vida en este pueblo, cada vez más muerto. Todos los de mi edad se han ido. Y no quiero irme cuando en la ciudad ni trabajo encuentre.

—Es cierto, hijo. Aquí solamente nos quedamos los viejos. Y para jóvenes como tú, vivir rodeado de ancianos, es aburrido y fatigoso. Pero, tal vez el nieto quiera quedarse conmigo.

Receloso miró el niño a su padre, como si lo que acababa de decir su abuela lo responsabilizara, culpándolo por palabras que él ni siquiera había pronunciado.

—Tiene que irse conmigo —respondió el padre—. Si se queda, tarde o temprano, tendré que venir a buscarlo. Y un hijo debe estar con sus padres. Comprenda, mamá, el niño también necesita amigos de su edad y aquí no los tiene.

—¿Es usted, nuera, la más interesada en marcharse? —insistió doña Gregoria.

—¿Yo? —balbuceó la madre del niño.

—Es natural que quiera dejarnos después de la muerte de sus padres. Pero, ¿por qué no ocupan la casa que ellos dejaron? Allí se sentirían más cómodos.

—Sí, podría ser... —replicó tímidamente la mujer.

—¿Para qué —intervino de inmediato el hombre—, si nos vamos de aquí?

—Entonces, ¿venderá casa y chacrita, hija?

—Bueno sí, suegrita... —Y miró al marido como suplicando que se arrepintiera—. Creo que sí.

—Mamá, no la culpe. Soy yo el más interesado en dejar el valle.

—¿No hay modo de retenerte, hijo?

—Aquí se muere uno antes de tiempo.

—Eso no es verdad. ¡Por Dios, me partes el alma con esas palabras tan duras!

—Madre, lo siento, pero es así. Mire, por favor a su alrededor. ¿Qué vida le espera aquí a alguien como yo?

—Ustedes nos entierran vivos, junto con el pueblo —murmuró la anciana.

—Pero, ¿qué quiere que haga, madre? —protestó el hijo.

—No te obligo a quedarte. Por la Santísima Virgen, no podría obligarte.

Antes de oscurecer, provisto de una vara larga y seguido por el único perro de la casa, corrió el niño Mamire hasta el cerro violeta, para contemplar el sol que echaba al río un velo de sombras y las hacía subir por la ladera del monte.

El perro, a pesar de lo viejo, se acercó impetuoso a los chivos y ovejas que aún pastaban en el amarillento verdor crecido entre las piedras. Correteó a los animales apiñándolos junto al niño; luego, se sentó a retozar mientras el pequeño pastor vigilaba el rebaño.

Recostado en la roca, pensaba Mamire lo bien que se sentiría con la compañía de otros niños; pero hacía un año ya que no los había en el valle. Recordó a Cevallos y a su hermana Carmina. Habían sido sus compañeros y sintió una emoción entrañable al evocar la gentil presencia de la niña. A los tres los unía entonces la escuela, los juegos que el maestro les imponía cada día y los deberes domésticos que cada familia delegaba en sus hijos. El monte, el río, los sembrados y el ganado siempre eran motivos de encuentro. Habían pasado muchos meses desde entonces; en la soledad de Mamire apareció la esperanza de que al menos durante las fiestas del valle volviera a encontrar a Cevallos y a la amable Carmina.

A Mamire no le resultaba extraño que a menudo el maestro se tornara pensativo y nostálgico, cuando desde el pupitre examinaba los bancos vacíos de la sala. Como si la mirada del maestro fuese un espejo donde se reflejaran hechos del pasado más reciente, Mamire contemplaba en esa mirada la ilusión de una sala colmada de alumnos. Recordó su primer día de clases, a los seis años cumplidos. La sala estaba repleta de niños ese año...

Los primeros en abandonar la escuela fueron Gamboa y Caipa. El padre de Gamboa encontró trabajo en la ciudad como cargador en el puerto y el padre de Caipa se ocupó en un galpón donde horneaban el pan. Mamire jamás olvidó esta circunstancia: «¡Fábricas para hacer pan!», reflexionó, asombrado de que en la ciudad el pan no se hiciera en cada casa, sino en pequeños talleres a donde acudían las personas a comprarlo.

Se levantó el viento frío de la tarde y Mamire corrió con su vara detrás de los animales, reuniéndolos para hacerlos bajar desde los retazos de sol hasta las robustas sombras que se apoderaban de Aroma cada tarde. Muy pronto sería de noche y el rebaño debía estar bien guardado, antes de que la abuela Gregoria se preocupara.

Desde la muerte de sus abuelos maternos, el niño se ocupaba también de regar la chacra que quedó sin cuidados. Esto lo hacía en secreto, sin que su padre se enterara; lo hacía para satisfacer el deseo de su madre, porque Amelia no quería dejar morir las tierras de sus padres. Ella no se ocupaba de esa tierra por consideración al marido. El hombre no quería que su mujer se encariñara con esa querencia, dejando de lado las ganas de acompañarlo cuando llegara el momento de marcharse.

Mamire echó a correr el agua en la casa desierta. Un hilillo manó con tan pocas fuerzas

... asombrado de que el pan no se hiciera en cada casa...

que apenas parecía humeder la tierra. Sin esperar a que el agua regara el terreno completo, se dirigió con los animales a la casa de Gregoria. Disponía de dos horas para abrir el riego del sembrado de su abuela y acudir a la otra chacra a controlar que todos los canales se llenaran y cerrar después el paso del agua, cumpliendo un rito cotidiano.

El líquido retenido saltó cristalino, pero a medida que corría por los angostos canales más color a chocolate tomaba del polvo seco. De cuando en cuando reflejando la luz de la tarde, brillaba como una cabellera de plata.

Mamire depositó en la escuálida corriente sus botecitos de paja; solo así le duraba la paciencia para esperar que el agua cubriera lo seco. Un año atrás, Mamire y Cevallos hacían carreritas con barcos de papel, aquellos que el abuelo Cevallos les enseñara a construir un día a partir de una simple hoja de cuaderno. Le gustaba competir con Cevallos en aquel entonces; Carmina era el juez imparcial que sentenciaba designando con su fina mano al vencedor. Mamire nunca se entendió muy bien con Cevallos. Más espigado que Mamire, solía ofenderle con palabras que aludían al origen indígena de su sangre. Pero el consuelo siempre venía de Carmina, que le aguardaba con su dulce compañía, apaciguando de una sola mirada la inquietud de Mamire. Carmina parecía comprenderle y en más de una ocasión le brindó ella un gesto de ternura, una palabra de aliento. ¿No serían celos los de Cevallos?

La voz de doña Gregoria, llamándolo, lo sacó completamente de su ensueño y antes de que la abuela insistiera, regresó a cerrar el paso de agua para ahogar el tenue chorro que aún brotaba. Sabía lo difícil que resultaba obtener el agua y cómo debía cuidarla.

—¡Como hueso de santo! —decía a menudo doña Gregoria.

Siempre reflexionaba el niño en estas palabras, en qué querría decir la abuela con eso.

«Como hueso de santo»... se fue pensando mientras corría a cerrar el paso de agua de la chacra heredada por su madre. «Como hueso de santo»... ¿Se refería quizá a los difuntos que descansaban en el cementerio de la quebrada?

Al regresar donde la abuela, su padre ya no estaba. Como todas las tardes, se había ido a la casa de Contreras. Pero aún estaban allí todas las ancianas.

—Nieto, ¿es la falta de alumnos el problema de tu maestro? —preguntó Gregoria apenas vio al niño entrando en el recinto—. Bueno, eso tiene arreglo. —Y agregó—. ¿Te molestaría si fuéramos tus compañeras de curso?

Mamire no respondió, tal vez porque no entendía de momento las intenciones de la abuela, tal vez porque no creía que fuera capaz de hacerlo cierto.

—¿Quiere, doña, que volvamos a la escuela? —exclamó Benita.

—¿A nuestros años? —se sorprendió Lastenia.

—¡Qué ocurrencia, Gregoria! —agregó Elcira.

—¿Saben que no es mala idea? —comentó la abuela Ocsa después de un rato.

—Sí, así es —insistió Gregoria—, porque la escuela no es solamente un lugar para aprender, allí tendremos la posibilidad de meditar más a fondo en el asunto que nos preocupa.

—Deberíamos consultarlo con Francisco Panire —propuso doña Elcira—. Y hacer lo que él nos diga.

Las abuelas se quedaron en silencio. Solo se oía el ir y venir de la tazas sobre los platos y los mordiscos que las doñas le daban a las galletas de chuño. Hasta que el niño las interrumpió con un pensamiento que lo acosaba.

—Abuela... ¿Qué son los huesos de santos? ¿Tienen que ver con el cementerio?...

La abuela se quedó mirándole, sin decidirse a una respuesta. Al cabo de ciertos segundos de duda, reconoció la doña que estos chicos de ahora son muchísimo más despiertos que los de su tiempo.

—¡Qué ocurrencia, nieto!

—Abuela, ¿le puedo decir una cosa?...

—¿Qué cosa, niño?

—Estuve en la escuela martillando tapas de botellas para hacer un buen ramo de flores a los abuelos del entierro. Y cuando fui a dejarlas, tropecé con una tumba casi abierta, donde asomaban varios huesitos tiernos...

—¿Y te asustaste, nieto?

—No, abuela... El canto de las flores en el viento espanta los miedos.

—¿Y qué hiciste?

—Los cubrí con tierra. Los enterré de nuevo.

—Eso estuvo muy bien...

—Abuela, ¿es santo todo lo que hay en el cementerio?

—Sí, porque está Dios en ellos...

Esa noche, el niño pensaba; luchaba con el sueño para quedarse despierto, para darle más vueltas a los comentarios de las abuelas. «¿Querían de verdad volver a clases?», «¿Lo hacían para que el maestro no cerrara la escuela?» Pensó que su padre se lo llevaría de todos modos de Aroma. Tal vez, porque la luna suele enviar tristezas, pensó Mamire que de irse lejos del valle, las doñas estarían muy solas cuando les dieran ganas de ir por fin al cementerio para que Dios santificara sus huesos. Entonces deseó que ocurriera algo inesperado que lo obligara a quedarse a toda costa en el valle, porque mientras él viviera junto a las abuelas, ellas no sentirían necesidad de abandonar esta tierra. Pensó lo mismo de los abuelos, pensó en cuán triste sería que ellos, uno a uno, se fueran definitivamente al cementerio, a santificar sus huesos, muertos de soledad y de pena.

Por fin se durmió, como cada noche, mi- rando el retazo de cielo asomado al ventanuco de su cuarto. En la vida siempre serena de la región, basta la sola presencia de las estrellas para tener la mejor de las compañías. Las hay por millares y tan luminosas, que da pena cerrar los ojos para dejar de verlas.

En casa de Contreras

34   En casa de Contreras, Mamire el padre se había unido al resto de los hombres, entre los cuales ya no había otro tan joven como él. Los viejos se alegran de que el último hombre joven acuda todavía a reunirse con ellos. Aprovechando la esquiva luz del sol que se deshace, que poco o nada demora en ponerse, los viejos suelen sacar al aire de la tarde sus voces. Sentados a la sombra, charlan con calma y disfrutan en paz los bellos tintes con los que hasta hoy pinta a cada cerro del valle la hora del ángelus. Allí murmuran su pasado, mirando en silencio el presente a través del cristal de las copas, sin atreverse a pensar en los días venideros.

Esa vez, el dueño del recinto sacó una vasija de grueso barro, oculta siempre detrás del mesón, y sirvió en vasitos pequeños un cristalino licor dorado, que se bebe a sorbitos, por el ardor que produce en la garganta.

—Lo que tú deberías hacer, Mamire —exclamó de pronto Perea—, es instalar un museo en la primera habitación de tu casa. En esa que da directo a la calle.

«¿Un museo?», pensó el hombre. «¿Y para qué un museo?».

—De ese modo se mantendría en el recuerdo la historia del valle. Porque se está perdiendo.

El anciano no dejaba de tener razón. Pero, ¿quiénes lo visitarían? La mayoría de los que se habían marchado regresaban solo de vez en cuando.

—¿Usted quiere —respondió Mamire— mantener vivos los recuerdos que le dejaría a sus nietos?

—¡Eso, muchacho! —exclamó el anciano y se echó un sorbo de fuego en la garganta.

—Sí, eso —comentó otro de los viejos allí reunidos—. Uno de estos días ya no estamos ni para contar el cuento...

El licor que se echaba al cuerpo le quemó el resto de la frase en el borde de los labios.

—Está re-que-te-re-contra bueno, Contrerita —comentó el joven—. ¿De dónde lo sacó?

—Ah —exclamó Contreras, al tiempo que dirigía los ojos al techo—, es de la última cosecha de mis vides junto al riachuelo. Y voy a convidarles solo un trago. El resto lo guardo para los ilustres que vienen a la fiesta de la Cruz de Aroma.

Se quedó en silencio el viejo admirando la noche que se colaba por la puerta entornada.

—¿No piensa hacer más de este pisquito?

—¿Con estos brazos, hijo? Hacen falta fuerzas juveniles para conseguir este licorcito que tiene más de diez años de guarda.

Los viejos bebieron con deleite y hablaron entusiastas de los que vendrían a la fiesta. Era la ocasión para reunirse con los hijos lejanos, con los nietos siempre creciendo, con esas novedades que traían en los bolsos de viaje y en las conversaciones que sonaban tan lejanas.

De vuelta a casa, el hombre Mamire reflexionó en lo conversado con los ancianos.

¡Más de diez años! En todo ese tiempo aquellas vides no habían sido renovadas, se había perdido la posibilidad de preparar ese licor de sabor tan bueno.

«Pero, ¿por qué no pidió ayuda el viejo?».

Se detuvo bajo las ramas del pimiento centenario que dominaba gran parte de la pequeña plaza. A través del follaje se desprendía la resplandeciente luminosidad de las estrellas.

«¿Y qué idea era esa la del museo? ¿Tendría él la voluntad necesaria para ponerse a recolectar objetos con historia?». En cierta ocasión, una de las pocas veces que él había salido del valle para visitar la ciudad junto al mar, vio algo muy parecido. En el lugar, al que sus habitantes llamaban orgullosamente «museo», no había más de cuarenta o cincuenta objetos dispersos, pertenecientes en su mayoría a familias representativas; en él también se exhibían algunas reliquias indígenas, que siempre asoman cada vez que se remueve la tierra.

Pero, por muy pequeño que fuese el museo, había que dedicarle mucha energía. Ninguno de los ancianos se ocuparía de eso, aunque fuese una tarea para alguien con los ojos más vueltos al pasado que a los tiempos venideros.

Y ese pensamiento no entraba en la cabeza del hombre Mamire. No estaba dispuesto a renunciar a su partida haciéndose cargo de algo que desde ya le parecía tedioso. Rechazar la moderna ciudad por un cuartucho repleto de objetos viejos, conservados como reliquias y que no serían más que cachureos, le pareció una insensatez, una necedad, y se molestó de que sus viejos desearan para él un destino tan oscuro y limitado.

—¡Yo me largo! —exclamó el hombre—. No estoy dispuesto a enterrarme vivo en este pueblo, que aunque me vio nacer, no atrapará mis huesos.

Maestro y alumno

Al día siguiente, tempranito como de costumbre, Mamire se dirigió a la escuela. En la quietud del patio ya le aguardaba el maestro. Al centro del recinto se alzaba el mástil, el que recientemente alumno y maestro habían pintado de blanco. Junto al mástil, y perfectamente doblada, esperaba la bandera nacional, con los tres colores sobrepuestos, queriendo fundirse ellos con la única estrella que de sus cinco puntas enseñaba solo una.

Como primer día de la semana, el maestro puso el emblema en las manos del niño; pasó a continuación la cuerda del mástil por las argollas, preparando la bandera para que Mamire la izara. Ambos entonaron el Himno Nacional, mientras el emblema tricolor se desplegaba hacia lo alto.

Concluída la sencilla ceremonia, el maestro ató la cuerda a la base del asta y caminó hasta el corredor aguardando que su alumno se formara. Mamire encabezó una fila de alumnos que solo existía en su mente. Cerró por un instante los ojos y creyó percibir a sus espaldas el ajetreo que producían sus compañeros imaginados. Caipa se formó a su lado, encabezando la segunda fila. Mamire solía mirar por el rabillo del ojo a su compañero Caipa porque justamente detrás de él se formaba Carmina. A continuación se ubicaba Contreras, siempre inquieto, volviéndose continuamente hacia atrás porque alguien golpeaba su espalda. Mamire sabía que Gamboa era el autor de esas bromas, y también Cevallos que con Gamboa se llevaban por poca diferencia de estatura. El asunto de siempre. Caipa, Ocsa, Huarache, Perea, Choque, Lucai y Mamire eran los más bajos y los más espigados demostraban su natural inclinación a divertirse a costa de los más pequeños.

—¡Buenos días, niños! —dijo el maestro—. ¡Buenos días, alumno! —se corrigió de inmediato, al tiempo que escuchó su voz acrecentada por el viento, como si las montañas cercanas fueran altavoces rompiendo el silencio en los rincones del valle.

—¡Buenos días, señor profesor!

—¡Bien! ¡Entremos! —ordenó. Y se dirigió a la sala dando la espalda a las vacías dependencias del recinto: la Dirección, sin uso desde que el último director la cerrara al marcharse de Aroma y otra más pequeña que en su tiempo sirvió de comedor. Al otro lado del patio estaban los baños; dos casuchas de latón, una de varones y otra de niñas. Allí conseguía el niño la soledad absoluta. Escapado de la presencia del maestro, que no lo dejaba ni a sol ni a sombra, solía encerrarse en las casetas para escuchar a gusto el silbido del viento, que cuando se alza con fuerza hace sonar las flores de hojalata que los deudos dejan en el cementerio. Le gustaba también escuchar los golpecitos del sol sobre la lata, cuando al mediodía el calor llega a su punto más alto. Y allí el niño esperaba oír algún día el paso de esas máquinas que según su padre surcan el aire de las ciudades y cuyo ruido apaga la voz del viento.

El alumno caminó a la sala respetando la fila que imaginaba a sus espaldas repleta de niños, esmerados en mantener un orden perfecto de formación a los ojos del maestro.

El maestro aguardó de pie junto al pupitre, dándole tiempo a su alumno para que se ubicara en el primer banco de la segunda fila, a un costado de la sala.

—Pueden sentarse —dijo el maestro y se volvió al pizarrón, anotando la materia de esa primera hora de clases. Mientras en el pizarrón la tiza no cesaba de hacer ese ruidito que a veces destempla los dientes, el niño reconoció con preocupación, que por prestar oídos a la conversación de la noche anterior entre sus padres y las abuelas, no había preparado sus útiles. Buscó el sacapuntas y sintió cómo su corazón golpeaba en el centro del pecho, viendo venir el llamado de atención del maestro.

El profesor se volvió al alumno, en efecto, pero se quedó contemplando el vacío que dominaba la sala.

—Copien esto después del recreo —dijo en seguida.

El alumno aguardó con cierta tensión, sin saber como copiaría aquello si contaba con un solo lápiz que escribía. ¿Y si esa punta se quebraba en medio de la copia como solía ocurrir? Ya no alcanzaba a preparar uno de reserva. Por esta vez, entonces, tendría que aprovechar los valiosos minutos del recreo para hacer lo que no había hecho en la casa.

—¿Qué leímos en la última clase, niños? —carraspeó el maestro y sobre la marcha se corrigió—. ¿Qué leímos, Mamire?

—«Cuando el viento desa...»

—Levanten la mano cuando quieran responder —interrumpió el maestro—. Se los he dicho cientos de veces.

El niño alzó entonces el brazo, empecinado en que su profesor le permitiese hablar cuanto antes y se olvidara de lo anotado en la pizarra.

—¿Qué leímos ayer? —insistió—. A ver... ¡Usted, alumno! —y señaló al único niño que había en el aula.

—«Cuando el viento desapareció», señor.

—Muy bien, Mamire. ¿Podría alguien decirnos... decirme, de qué trata este libro?

—¡Yo, señor!...

—Usted mismo, Mamire. Responda, por favor.

—Es la historia de... un joven sabio que... un día... detuvo el viento.

—Muy bien, correcto... ¿Y eso es todo?

Pero Mamire no contestó esta vez. Pensaba en la historia del joven sabio, que se atrevió a enfrentar la decisión de un hombre poderoso que le negaba la felicidad. Se le ocurrió en ese mismo instante que si sus abuelas fueran tan sabias como el joven Dinar, tal vez, pudieran tejer una red invisible que hiciera volver, y retuviera en el valle, a todos los que lo habían abandonado...

—¿Y cómo sigue esta historia? —insistió el maestro.

El alumno levantó la vista y miró al profesor. Pero tampoco se decidió a responder. Esa red invisible no se apartaba de su mente, esa red que pudiera... ¿Y si le contara al maestro las intenciones de las abuelas?...

En el recreo, maestro y alumno, jugaron diez minutos a la pelota. Corrieron seriamente en pos del balón y se convirtieron goles el uno al otro en arcos señalados con piedras en cada extremo de un campo deportivo que se cruzaba en dos zancadas.

Mamire debió correr frenético para cubrir las posiciones de defensa y ataque; subiendo para acertar, bajando a marcar y defender, cruzándose incluso frente a su valla sin arquero para evitar el gol. Disfrutaba el niño estos breves partidos de a dos; apreciaba notoriamente la ventaja de ser tan pocos en la cancha, pues de este modo tenía un contacto mayor con el balón. En tiempos pasados, con Gamboa al arco, Choque y Mamire en defensa, Ocsa, Soto y Cevallos en el ataque, el niño Mamire apenas tocaba la pelota. Sus compañeros de equipo, más diestros y avezados, jamás se la pasaban de buen grado.

En los cinco minutos que siguieron al término del juego, y antes de ingresar nuevamente a clases, el maestro habló con su alumno, empecinado en correr al baño.

—¿Insiste tu padre en irse de Aroma? —le dijo.

—Sí, señor, pero la abuela no quiere que nos vayamos —respondió Mamire.

—Al parecer, es inevitable —prosiguió el profesor.

—Señor... ¿puedo ir a las casitas?

—Puedes —respondió el maestro. Y Mamire corrió a los sanitarios. El profesor, en tanto, se dedicó a pasear alrededor del patio dando trancos largos que levantaron apenas una bolsita de polvo bajo los tacos de sus zapatos desteñidos.

«Papá dice que el mar de la ciudad es tan lindo y azul como el cielo de Aroma», pensó el niño mientras giraba afanosamente el lápiz en el sacapuntas sobre la boca del excusado.

Un pedazo de cielo flotaba sobre la caseta sanitaria, pesando en Mamire con toda su magnitud, como si el azul se colara a través de una rendija abierta en el techo. Mamire recordó lo que su padre le había hablado de la ciudad, de las arenas doradas que bordean el mar. El mar, ese gran lago de agua salada, en cuyas aguas espumosas la gente se baña hasta la caída del sol. «¡El mar azul!... ¡Un lago tan extenso

... mientras quede un alumno en mi escuela...

como el cielo! ¡Bañarse en ese lago! ¡Bañarse en el cielo! ¿Qué sería eso comparado con la poza del río Aroma?».

La campana anunciando el término del recreo sacó al niño de su ensueño.

En el patio el maestro continuó paseándose y haciendo sonar un manojo de llaves. Con ellas cerraría sin duda la escuela un día. Y lo haría en forma definitiva, ya no por vacaciones, por feriado patrio, ni santo.

—Estoy nombrado en esta escuela —dijo en voz baja—. Un profesor como yo no puede enseñar donde le dé la gana. Pero he sido designado en este pueblo y mientras quede un alumno en mi escuela, mi deber es permanecer en ella y cumplir mis obligaciones.

Una historia sorprendente

De regreso de la escuela, Mamire fue directo donde su abuela Gregoria, postergando los deberes del día.

—Abuela, el profesor pregunta si nos vamos de Aroma.

—¿Y qué le has dicho, mi nieto?

—Que usted no quiere.

—Así es. Si se van, ya no los veré más que una vez al año. Y eso me apena muchísimo.

—Papá dice que podremos venir cuando queramos.

—Es solo un decir, nieto mío. La ciudad no está tan cerca como para venir a cada rato. Lo cierto es que solo nos veremos para la fiesta de la Santa Cruz.

—¿Puedo quedarme con usted, abuela, hasta terminar el año?

—A ver, a ver, mi nieto... Por ahora vamos a impedir que el maestro cierre la escuela. Ya lo verás.

—Abuela, ¿podría tejer una red invisible como el viento?

—¿Qué quieres que teja, nietecito? —respondió muy sorprendida la anciana y dejó de hacer lo que hacía, para clavar sus ojos en los de Mamire. «¿Qué cosa más insólita me pide este niño?», pensó la doña. Pero sabía muy bien que Mamire abría la boca solo para decir lo que ya había meditado. Así es que se dispuso a escucharlo con toda la atención que el asunto requería.

De una sentada, —como se dice— Mamire le contó la historia del joven Dinar; de como tejió una red para detener el viento. Así pudo inmovilizar en el puerto los veleros del principal comerciante de la ciudad, impidiendo que se hicieran a la mar.

—Espera un poco —dijo la abuela—. Vas a repetir ahora mismo esa maravillosa historia. Es preciso que las muchachas la oigan.

—Abuela... —insistió Mamire—, quiero saber si usted puede...

—Lo sé, lo sé, nieto... —interrumpió la anciana—. Creo que todas debemos oírla. Ahora ve a tus obligaciones, que nada debe notar tu padre. Cuando sea de noche, nos vamos de visita. Y no le hables a nadie de lo que hemos conversado.

Mamire siguió las instrucciones de su abuela y se dispuso a cumplir con las tareas de la escuela. Se sentía tan animoso, que se dio tiempo para sacarle punta a cada uno de sus lápices, iniciando en seguida la copia que el maestro le había dado como trabajo para la casa. Trabajó en caligrafía y cálculo, delineó sus dibujos y subrayó en varios colores aquello que debía ser convenientemente destacado.

Al concluir comprobó, por la luz de la tarde, que disponía del tiempo preciso para ir al monte a buscar el rebaño y regresar justo para echar a correr el agua en los dos sembrados.

«¡Dos sembrados! ¡Si al menos estuviera Huarache para que le ayudara!...». Hasta el año pasado, Mamire y Huarache solían ir juntos al monte con sus rebaños y aunque no compartían el mismo terreno, se veían a la distancia y de cuando en cuando se acompañaban para terminar la jornada. Mientras el niño reunía a sus animales, sintió un peso en el centro del pecho, como si alguna preocupación lo angustiara. Su padre siempre le decía que en la ciudad todo sería distinto. Que ni él ni nadie tenía necesidad de arrear ganado a ningún sitio.

—Allá no tendrás que pastorear, hijo.

—Pero a mí me gusta venir al monte con los animales —respondía Mamire.

—¿No te aburre hacer siempre lo mismo? —preguntaba con asombro el padre—. Si supieras las cosas entretenidas que te esperan en la ciudad —le comentaba siempre a su hijo.

«¿Qué podía ser tan apasionante?», reflexionaba el niño.

—¡Hay teatros para ver películas! ¡Puedes ver televisión! ¡Ver a los jugadores profesionales en el estadio! ¿No te gustaría, hijo?

«¡Ver, ver, ver!», pensó Mamire y exclamó:

—¡Sí, claro que me gustaría!

Por sus compañeros de antes sabía que en

las películas de los teatros se ven automóviles que saltan precipicios, guerreros que se transforman en máquinas, trenes que chocan con camiones y los arrastran hasta dejarlos convertidos en fardos de metal. A Mamire le costaba imaginarse tanto asombro.

—Además —proseguía su padre—, en la televisión se ven tierras desconocidas: valles blancos que son de hielo, pájaros negros que no vuelan como los flamencos, sino que andan de un lado a otro en dos patas, como nosotros, y nadan con la misma habilidad de un pez.

Entrada ya la noche, satisfecho porque la jornada estaba cumplida como el hábito lo mandaba, Mamire fue nuevamente a la habitación de la abuela Gregoria.

—¿Se ha ido tu padre a lo de Contreras? —preguntó ella.

—Sí, abuela.

—Bien —prosiguió la doña—. Ahora, salimos sin confesar nuestros planes. A tu madre le dirás que me acompañas, porque a partir de mañana seremos compañeros de curso.

Abuela y nieto, salieron a la noche, bajo el amparo de las estrellas. Iban bien abrigados, protegidos del hielo de las montañas, que lentamente cubría el valle con su bruma.

La primera visita fue a la casa de los Huarache. Allí, Gregoria quiso que su nieto contase inmediatamente la historia que tanta ilusión le había causado, la del joven Dinar que vivía junto al mar.

—Bien, nieto —alentó la anciana—, empieza de una vez.

—¿Cómo debo agradecerte, Mamire, esta delicadeza? —comentó gustosa la anciana Lastenia.

—Un poco de leche caliente, pan y miel —respondió el niño.

—¡Nieto! —protestó la abuela—. ¿Por qué tan exigente?

—Es lo que cada tarde le ofrece la mujer que atiende al joven Dinar.

—¿Olvidas que tenemos que llegar a comer todavía?

—No hay problema... —agregó la dueña de casa—. Si el nieto quiere leche, pan y miel... ¿por qué no dárselo?

Mientras doña Lastenia se levantaba a satisfacer el antojo de Mamire, por debajo de la mesa la abuela punzaba con el bastón a su nieto para que comenzara el relato.

Apenas volvió doña Lastenia de la cocina, Mamire inició la historia aprendida casi de memoria. Mientras iba contando, miraba a la abuela que vertía la leche en un pocillo de greda tan negro como la noche, pero tan clarito por dentro, que parecía la pulpa viva del fruto más exquisito.

—En uno de los extremos del mundo —decía Mamire–, había un puerto donde vivía un joven que sabía muchas cosas...

Mamire no se detuvo con el relato y así —entre sorbo y mordida— pudo concluirlo.

—¡Una red que detiene al viento! —comentó al final Lastenia— ¡Qué cosa más fabulosa, Gregoria, por Dios!

—Qué fuerte es la pasión en los jóvenes, ¿no te parece, Lastenia? —dijo doña Gregoria.

—Así es. Nada pudo hacer el poderoso comerciante para impedir el amor que su hija sentía por el joven sabio.

—Sí, pues, por eso..., para ser considerado con respeto, para que el padre de su amada no pudiera oponerse, el joven detuvo el viento... Y nosotras, viejas y enclenques, ¿podríamos detener el viento? —se preguntó Gregoria.

Abuela y nieto se fueron donde doña Elcira, con idéntica misión. En cada casa, el niño repitió la historia, quedando las ancianas seducidas por el encanto del bello relato de amor y por esa fascinante idea de la red que detuvo el viento.

Las abuelas en la escuela

Esa noche, las abuelas se recogieron en silencio en sus casas. Ninguno de sus maridos se llegó a enterar de qué les ocurría. No sabían si las doñas meditaban, hacían rogativas al Padre, o si, al igual que ellos, contaban los días esperando ansiosas las festividades de la Santa Cruz. Solo ellas sabían en qué ocupaban sus mentes. Sí, porque ni siquiera el nieto sospechó que las doñas pensaban impedir, a como diera lugar, que el valle muriera con los viejos.

Tampoco la abuela Gregoria comunicó al nieto el contenido de sus reflexiones.

Nadie lo advertía aún, pero era evidente que junto a la quebrada del Aroma, algo estaba cambiando.

Al día siguiente, más de madrugada que de costumbre, Mamire salió rumbo a la escuela. Doña Gregoria se empecinó en acompañarlo. Desde muy temprano, la doña correteó por la casa haciendo preparativos para su primer día de clases después de tantos años sin pisar un aula. La noche anterior, Gregoria se había dedicado con ahínco a rescatar de entre sus antiguas pertenencias aquellos cuadernos plomizos, que la acompañaron por años en su tiempo de escuela, los que en sus tapas ostentaban el escudo nacional con la leyenda: «Ministerio de Educación». También desempolvó un viejo estuche de madera y descorrió la tapa comprobando con asombro que aún estaba repleto de lápices.

—Ayúdame, nieto, a sacarles punta —instruyó la abuela, apremiada por la hora que avanzaba.

Al cabo de un rato estuvo lista para la jornada que se iniciaba y se dispuso a ir con su nieto a la escuela llena de entusiasmo.

Aquella mañana el maestro se veía demasiado inquieto para un día normal de clases.

Junto a él aguardaba Francisco Panire y alrededor de ambos, como dispuestas a fotografiarse, estaban las abuelas, sin que faltara ni una sola de ellas. Sonrientes, recién acicaladas, con las huellas fresquitas del peine en los cabellos y con cuadernos de la República bajo el brazo, las doñas aguardaban felices el toque de la campana para formarse. Cotorreaban entre ellas como si aquel día fuera el primero de un año de clases después de unas vacaciones muy prolongadas. Las doñas se tomaban de las manos cuchicheando al oído de sus compañeras palabras que los únicos varones presentes no debían escuchar. Se lanzaban miradas pícaras entre ellas, dándose codazos cada vez que miraban de reojo a los varones. «¿Qué hacían allí el abuelo Panire y las ancianas? Bueno», pensó el maestro, «veremos de qué se trata todo esto». No supo si dar las campanadas, iniciando la entrada a clases, o esperar a que Panire le comunicara el motivo de aquella visita inesperada.

Mamire se plantó delante del maestro, como era su costumbre, y de inmediato las abuelas corrieron a formarse en dos filas, en medio de un alboroto que cualquier grupo de niños hubiese querido superar. Junto a Mamire se formó doña Berta. Detrás de ella y el niño, se formaron las doñas, componiendo un orden natural de acuerdo a las estaturas.

El maestro observó aquel ir y venir de ancianas cambiando de lugar en las filas, gozosas, divertidas, como si de la noche a la mañana el tiempo hubiese retrocedido en ellas, volviéndolas niñas de modo repentino. Mamire miraba atónito al maestro y este le devolvía la mirada. De pronto el profesor sintió ganas de reir al considerar que aquellas ancianas sencillamente habían perdido el juicio. Para evitar la risa tornó tan intensa la seriedad de su rostro que al cabo de unos segundos las ancianas se aquietaron por completo.

—¿Qué significa esto? —se atrevió por fin a murmurar, negándose aún a creer lo que estaba viendo. «¿Es que las abuelas se habían trastornado o se trataba de una tomadura de pelo?».

—Han venido a clases, señor —respondió el abuelo Panire y sus ojos resplandecieron más que los de un niño.

—Queremos ser sus alumnas —agregó doña Lastenia.

—Al igual que nuestro nieto —dijeron al mismo tiempo las abuelitas.

Hablaban en serio, a pesar de sus sonrisas y muestras de nerviosismo.

—Pero, señoras... —protestó el profesor—, ¿cuánto hace que dejaron la escuela?

—¿Y eso qué importa, señor? —reclamó doña Gregoria.

—Ustedes perdonen —quiso puntualizar el maestro—, pero esto es absolutamente irregular y no sé si ustedes saben que...

—Todo es irregular en Aroma —aclaró con absoluta seguridad la abuela Caipa.

—Imaginamos, señor, que lo habrá notado —aseguró sin pausa la abuela Contreras.

—¿Ustedes se refieren a que en Aroma?... —siguió el profesor, pero fue interrumpido por doña Lastenia.

—A que en el valle ya no quedan jóvenes, ya no quedan niños. Seguramente usted se dispone a cerrar la escuela. Queremos impedirlo.

—¿Es lo que estoy pensando? —protestó el maestro.

—Si necesita alumnos para no cerrar la escuela —confirmó Panire—, ellas piensan que podría considerarlas. Me han pedido que interceda ante usted.

—En ese caso sería esta una escuela para adultos —prosiguió el maestro— que necesariamente debería funcionar por las tardes, en horario vespertino.

—¿Y por qué en ese horario, señor preceptor? —inquirió Panire.

—Porque los adultos trabajan durante el día...

—Ocurre que ellas pueden venir en el día —porfió Panire.

—Así es, señor —replicaron casi en coro las ancianas—. ¡Déjenos ser sus alumnas! ¡Por favor!

Al comprobar el maestro que ningún argumento las haría renunciar a sus propósitos, se dio por vencido. Lanzó un profundo suspiro, al tiempo que se soltaba el botón de la blanca camisa, como si de pronto le asfixiara el género rígido del cuello. Entonces dio las campanadas iniciales y pudo al fin toser una o dos veces, aclarándose la voz para recibir a sus alumnos como de costumbre.

—¡Buenos días, niños!... —se interrumpió el profesor, arrepentido de lo que había dicho, queriendo enmendar el error, corregirlo, pero aquellos seres no le dieron tiempo.

—¡Buenos días, señor profesor! —respondieron ellas a todo pulmón.

Mamire suspiró profundo cuando el maestro giró sobre sus talones poniéndose de perfil, como si su cuerpo fuese una puerta que dejara el paso libre al alumnado. A decir verdad, al niño le divertía la situación creada por sus abuelas. Hubiese preferido que sus compañeros de curso fuesen niños, pero como no los había...

El abuelo Panire, satisfecho con el acuerdo alcanzado, consideró cumplida su mediación y se despidió rápidamente. Tenía el presentimiento de que algo importante estaba a punto de ocurrir en el valle.

Las abuelas ocuparon los asientos vacíos como si fueran los propios, abandonados recién el día anterior, inflamadas de risa, dichosas, con los ojos despiertos, dispuestas a ignorar en segundos lo aprendido en años, para empezar desde el principio. Más de una pasó la palma de su mano por la superficie irregular del banco, buscando alguna inscripción de antaño, algún grabado de aquellos tiempos, cuando el alma se escapaba por la punta afilada del compás al dibujar un corazón atravesado por una flecha y con la leyenda: «Pedro ama a Berta».

El maestro pasó lista. Fue diciendo los nombres de acuerdo a la lectura que su vista hacía al desplazarse, banco por banco, entre los rostros que los ocupaban.

—¡Mamire!...

—Presente, señor.

—¡Huarache!...

—Presente, señor.

—¡Soto!...

—Presente, señor.

Así, una a una, poniéndose de pie cada vez que les llegaba el turno de responder, con el pecho henchido no solo por el orgullo, la ansiedad o lo que fuera —porque era emocionante volver a sentirse niñas—, las ancianas Gamboa, Panire, Choque, Lucai, Caipa, Ocsa, Cevallos, Perea y Contreras, dieron alas a sus energías recobradas de pronto, en aquella sala de clases, que después de tantos años seguía siendo la misma...

—Saquen sus cuadernos de copia —instruyó el profesor— y anoten lo siguiente...

«La fe y las montañas», apuntó en la pizarra. Y mientras el curso se aplicaba en la tarea, el maestro se decidió a incluir en el libro de clases a las alumnas nuevas. Mientras la pluma llenaba nombres en azul sobre la página blanca, meditó en que ya se las arreglaría para hacer el informe a la Sub-Dirección Provincial de Educación...

A continuación, el maestro leyó una curiosa fábula sobre el movimiento de las montañas. Según decía este antiquísimo relato, los hombres alguna vez habían podido mover las montañas con la tremenda fuerza de su fe. Ahora, en cambio, las montañas permanecían inamovibles por la incredulidad de los hombres. Lo cierto es que ese mediodía, al igual que todos los mediodías, desde tiempos sin memoria, no se movieron las montañas del valle, pero la fe de las ancianas comenzó a crecer...

Sorpresivamente se presentó en la escuela el padre de Mamire. Le habían dicho que don Francisco se hallaba en la escuela y se requería su presencia en la plaza del pueblo. El hombre Mamire se quedó impresionado al ver a todas las ancianas reunidas en clase.

—Acaba de irse —explicó el maestro, disfrutando el asombro del hombre Mamire.

—Debo encontrarlo cuanto antes... —aclaró—. Llegaron afuerinos y quieren hablar con la autoridad del valle. Traen documentos oficiales.

Los jóvenes «atrapabrumas»

Don Francisco ya se hallaba en la plaza cuando llegaron las doñas de Aroma, el maestro, Mamire y su padre. Allí, rodeados de ancianos, los forasteros explicaban el objetivo de su arribo. Una muchacha y dos jóvenes se disponían a conquistar el desierto, equipados de pies a cabeza con implementos de campaña, necesarios para sobrevivir en los lugares más inhóspitos del planeta. Los documentos que exhibieron los autorizaban para llevar a cabo un experimento jamás intentado en el desierto. Se mostraban decididos a cambiar allí la suerte de esas tierras. Su intención era aumentar el verde del valle, instalando pantallas transparentes que, de cara a la bruma nocturna, atraparían la humedad de las nubes de baja altura, para convertirla en agua de riego.

Francisco Panire les sugirió que ocuparan un terreno sin dueño a la entrada del pueblo. Los jóvenes se movilizaron al lugar indicado en la misma camioneta que los había transportado hasta el valle. Una vez allí, se dispusieron a instalar de inmediato su campamento ante la curiosidad de los ancianos que llegaron trotando, decididos a no perder de vista a los muchachos ni por un solo instante.

—¿Piensan vivir bajo esas casas de tela? —exclamó doña Berta frente a las tiendas de campaña recién levantadas.

—Sí, ¿por qué no? —respondió la joven, que en todo momento se comportaba como jefe del experimento.

—Aquí el clima es cambiante —advirtió Panire.

—Estamos acostumbrados —agregó uno de los jóvenes.

En Aroma, las temperaturas del día son tan elevadas que pareciera haberse estacionado definitivamente el verano; por las noches, en cambio, el frío intenso es similar al hielo del más crudo de los inviernos. No cae una sola gota de lluvia. En buena hora, porque de escurrirse agua desde el cielo de modo continuo, con seguridad nevaría por las noches, tal como sabe hacerlo la cordillera en lo más alto de sus cimas. Pero como toda exageración tiene su medida, una vez al año en Aroma suele caer agua en abundancia de nubes que repentinamente cubren el firmamento. Es el invierno boliviano, que llega con su comparsa de ventisca y niebla, encabritando a los ríos consumidos, espantándolos de las gargantas de sus cauces.

—Para eso están hechas estas tiendas —replicó al rato, la muchacha.

—¿Piensan que esas telitas de cebolla los van a proteger del calor y del frío?

—También en el Himalaya se usan tiendas como estas.

—No conozco eso que usted nombra, joven —insistió Panire—pero sí le digo que aquí es bien diferente.

Los jóvenes se consultaron con los ojos, considerando en silencio las palabras del anciano.

—Pueden dormir en la casa de mis abuelos de huesos santos —dijo Mamire.

—¡Cierto! —afirmó doña Gregoria al tiempo que se volvía hacia el niño—. Ahí pueden acomodarse por...

—¡Vamos a venderla, mamá! —protestó el padre de Mamire.

—... por mientras —concluyó la doña—. ¿No habría problemas, verdad, hijo?

—Bueno... —rezongó el hombre—, si es solo por un tiempo...

—¿Cuánto nos costará? —dijo la joven.

—Eso hay que arreglarlo con mi nuera —explicó Gregoria—. Yo misma me encargo.

—De igual modo tenemos presupuesto para gastos como ese —comentó uno de los jóvenes.

—Bien —concluyó la joven—. Usaremos las carpas como bodega del material pesado y el equipo delicado lo llevamos a la casa que nos ofrecen.

—Pueden dejar todo con absoluta confianza —agregó el anciano Panire— aquí nadie toma nada.

Francisco Panire rejuveneció aquella mañana. Demasiados acontecimientos en tan pocas horas. Encabezó en seguida la comitiva y condujo a los jóvenes hasta la casa de los abuelos de Mamire. De cuando en cuando, se detenía para explicar con lujo de detalles cada rincón del valle. Se sentía rebosante de energía. Las molestias del reuma se le pasaron como por encanto y dejó de agobiarlo ese dolor de gota que siempre se le estacionaba en el pie izquierdo.

Esa misma noche, don Francisco fue a conversar con el hombre Mamire. No se anduvo con rodeos la autoridad del valle, pero sí con mucho tino.

—¿Qué es tan importante, don Francisco?

—¿Pero, no te das cuenta, Mamire? —replicó el anciano.

—¡Ah! —exclamó el hombre, sin ninguna expresión en el rostro. Daba la impresión de que nada en el mundo lo pasmaría de asombro—. ¿Se refiere a los afuerinos?

—¡A ellos mismos! ¡Algo importante se nos viene encima!

—Buen tema para la cantina, don Francisco. Tan divertido como el que ahora a las abuelas les dio por ir a la escuela. ¡No sé qué bicho les picó!

—Un bicho enorme, hijo —respondió Gregoria—. Ni siquiera lo imaginas...

—¿Conoces los propósitos de los afuerinos? —insistió el anciano, restándole importancia al tema de las ancianas.

—¡No es más que una locura, don Francisco! ¡Qué manera de venir aquí a botar la plata!

—Es bueno que llegue al valle gente emprendedora como esa... —comentó Gregoria.

—¡Así es! Y necesitarán ayuda, si es que no me falla el entendimiento. Ellos solitos no pueden con estos montes.

El último hombre joven de Aroma miró a Francisco Panire y tragó saliva.

—¿Me está ofreciendo trabajo?

—Yo no, Mamire... ¡Ellos lo harán!

—Oiga, don Francisco... —protestó el hombre—. Usted conoce de sobra mis planes. Ahora, en cuanto a esos jóvenes malos de la cabeza... Seguro que vienen como todos, por un tiempo muy corto, a dejar aquí la basura que no se llevan.

—Está bien, Mamire... No te contradigo, pero, ¿no te irás mañana mismo, verdad?

—No, claro que no... Después de las fiestas será.

—Mientras tanto, puedes colaborar con estos muchachos y ganarte unos pesos. ¿No te parece?

Nadie intervino, entonces. Ni la esposa, ni la madre del hombre. El asunto era cosa de varones.

—Piénsalo —dijo finalmente el anciano—. No es para que respondas ahora.

No agregó más a lo dicho, la autoridad. Al sentarse junto a Gregoria, los ojos de Panire brillaban de entusiasmo como si presintiera que algo nuevo y extraordinario empezaba a suceder en Aroma; algo grande, desconocido, inexplicable, acarreando sepa Dios qué resultados para el valle.

—¡Oiga, madre! —el hombre cambió rápidamente la conversación que aún flotaba en el aire—. ¿Qué es eso de ir a la escuela?

—Somos las nuevas alumnas del maestro.

—¿Y el profesor acepta esa niñería, madre?

—Él entiende que las ancianas queramos recordar lo que aprendimos un día —replicó la doña.

—Pero, ¿no le preocupa que se burlen de ustedes en el pueblo?

—En el pueblo no, hijo. En la cantina, querrás decir. Pero, ¿qué nos importa?

—Entiendo muy bien por qué inventaron esa locura las doñas.

—¿Por qué, hijo?

—¿Piensan que así van a evitar que se cierre la escuela? ¿No es por eso que lo hacen?

—Queremos acompañar a mi nieto y al maestro para que no se sientan tan solos.

—¡Es una tontería, madre! Sepa que de todos modos la escuela se quedará sin alumnos. Bien, allá ustedes con eso —resopló el hombre, finalmente—. ¿Tiramos piernas, don Francisco?

—¡Sí, Mamire! —aceptó el anciano—. Vamos, porque hay mucho que comentar. Y de paso me dirás, qué es eso de que los vejetes se ríen de nuestras mujeres...

Panire le hizo un guiño de ojo a Gregoria y a Amelia, a modo de despedida. De paso palmoteó la cabeza del niño, antes de calarse el sombrero de paño y salir a la noche.

... algo nuevo y extraordinario empezaba a suceder...

Mamire el hombre se marchó en silencio. Antes de cerrar la puerta a sus espaldas, movió dos o tres veces la cabeza, manifestando su desacuerdo con el trastorno de las abuelas.

Confiada y serena, sin la presencia del marido, Amelia le habló al niño con absoluta franqueza.

—Hijo, ¿has estado visitando la propiedad de tus abuelos?

Mamire desvió la vista hacia Gregoria y no se atrevió a enfrentar de nuevo a su madre.

—¿Lo has estado haciendo, hijo? —insistió Amelia—. Fui a la casa para arrendársela a esos jóvenes y descubrí que han estado regando el terreno.

—¿Por qué no respondes, mi nieto? —le animó su abuela—. ¿Qué malo ha hecho este niño, Amelia?

—Igual quiero saberlo —porfió la madre.

—¿Te preocupa realmente, mi nuera?

—No, suegra, me gusta que lo haga —confirmó con orgullo la madre de Mamire—. Pero que no piense mi marido que yo lo envío.

—No te preocupes, hija —sentenció Gregoria—. Nada le diremos a mi hijo. Será un secreto entre nosotros. ¿No es así, mi nieto?

Mamire asintió con los ojos llenos de satisfacción y ronroneó como un gato cuando Amelia le acarició la negra cabellera.

—Si tu papá descubre lo que has estado haciendo —sentenció Gregoria—, tendrá que aceptar que su propio hijo echa raíces en esta tierra.

Y como un rayo cambió el semblante de Mamire, porque una vez más se hizo presente el sueño de vivir algún día en la gran ciudad, como le hablaba su padre. El sueño sería imposible si las abuelas conseguían que ellos permanecieran en Aroma para siempre. Confundido, se arrepintió de haberle pedido a las ancianas que tejieran una red invisible que rodeara el valle de punta a cabo.

Al día siguiente, el padre de Mamire sorprendió a su mujer preparando alimentos para los jóvenes de las «atrapabrumas». Tuvo que aceptar esta nueva labor de Amelia, pues al parecer, contaba ella con todo el apoyo de Gregoria.

El hombre Mamire siguió laborando en la huerta de la familia y se negó a aceptar el ofrecimiento de trabajo que los muchachos le hicieron a través de don Francisco. Pero no pudo negarse a proveer a su mujer de verduras y hortalizas para la comida de sus huéspedes.

Por esos días, el más esquelético de los afuerinos cayó en cama con fiebres altas, consecuencia de la escasa precaución tomada bajo el poderoso sol de la pampa en contraste con el intenso frío de las noches.

Amelia debió correr cada día a prestar cuidados al enfermo, después de que doña Gregoria lo visitara, recetándole infusiones de hierbas y compresas vegetales en el cuerpo que le hicieran bajar la fiebre.

A regañadientes, presionado por la autoridad del pueblo, por su madre y por su propia esposa, el hombre Mamire, reemplazó al muchacho enfermo en la instalación de las pantallas. Los jóvenes del experimento, además de pagarle bien por el trabajo, le hicieron un nuevo ofrecimiento.

—Su hijo —explicó la joven—, nos ha contado que usted tiene un pozo del que le gustaría sacar agua.

—Ese niño a veces habla demasiado —respondió el hombre, un tanto molesto y poco acostumbrado a que gente extraña se entrometiera en sus asuntos.

—Señor Mamire —prosiguió la joven sin dejarse intimidar—, tenemos un motorcito eléctrico y un colector de energía solar. No los necesitamos... Pero usted puede usarlos mientras estemos en Aroma.

El hombre Mamire iba de sorpresa en sorpresa con esos muchachos. Aquellos jóvenes lo desarmaban a cada rato. El hombre no pudo resistir la tentación de aceptar, porque de ese modo obtendría el agua suficiente para regar la alfalfa que necesitaban sus animales. Hasta el niño Mamire conocía el desastre que provocaba la falta de agua, por momentos tan grave, que se veían obligados a echar el rebaño al monte para que allí comieran lo que la generosidad de la naturaleza otorgaba. No demoró mucho el hombre en aprobar con satisfacción el ofrecimiento, convencido de que ese invierno tendría suficiente alimento para sus animales. Abriría la puerta de la casa, para que entrara a comer el ganado, ya que a falta de otro lugar apropiado, la abuela almacenaba el forraje en uno de los dormitorios principales.

Cada tarde, a partir de entonces, mientras la batería solar estuviera cargada, el hombre ponía en marcha el motorcito de la bomba y sacaba agua en abundancia. Se le veía satisfecho. Talvez con esto empezara a desechar la idea de abandonar el valle. Esa era, al menos, la gran esperanza que alimentaba Gregoria en su alma. Y en silencio agradeció a los muchachos de las pantallas todo el bien que le estaban brindando.

Muy pronto el valle de Aroma vio alterado su habitual aspecto. Alrededor del poblado aparecieron como por encanto aquellas telas tensadas al viento, mirando al sol de modo constante y aguardando la masa tenue de nubes que sabe entrar levemente por los cerros cuando se insinúan las sombras de la tarde. A los pies de cada pantalla se extendieron largas cañerías negras de plástico, que conducían hasta los sembrados la bruma convertida en agua.

En casa de Contreras se comentaba noche a noche que los afuerinos poseían el extravío propio de los jóvenes. «¿Dónde se había visto algo parecido? ¿Cómo harían germinar terrenos que jamás supieron de florecimientos?»

Desde el día en que las ancianas regresaron a la escuela, el padre de Mamire comenzó a volver temprano por las noches. Los abuelos hacían comentarios burlones de sus mujeres y al hombre le disgustaba que entre esas abuelas objeto de burla, también estuviera su madre. Los ancianos se daban demasiado tiempo para chismosear sobre lo que estaba ocurriendo y el hombre Mamire deseaba ocupar su mente en pensamientos más provechosos.

Desde que trabajaba con los muchachos, se le notaba más entusiasta de ánimo y más confiado de espíritu, como un niño en víspera de Reyes.

Los tres yatiris

82   Por entonces comenzaron los preparativos de la gran fiesta del valle.

Los primeros en llegar al pueblo fueron los tres yatiris, provenientes del interior de la pampa, desde un lugar cuyas huellas se perdían en el desierto. Su presencia era motivo de gran alegría entre los habitantes de Aroma, porque con ellos regresaban los que se habían marchado. Durante tres días los festejantes ocuparían las pocas calles del poblado, las riberas del río Aroma y por lo menos una cima de los cerros aledaños.

Los ancianos, encabezados por Francisco Panire, salieron a recibir a los yatiris llevándolos a la cantina para saciar la sed de aquellos viajeros resecos y agobiados.

El padre de Mamire solicitó autorización

para dejar de trabajar ese día e ir a reunirse con aquellos hombres oscuros de ropaje y luminosos de espíritu.

Enteradas de la noticia, las mujeres de Aroma salieron de sus casas y de una puerta a la otra fueron comunicando la nueva. Reunidas en la plaza esperaron que los yatiris abandonaran la taberna para saludarlos según el uso y la costumbre.

Doña Gregoria envió al nieto a la casa de Contreras para que dijera a «los hombres que saben» que por la tarde los esperaba a la hora de la cena.

El niño entró en la penumbra que dominaba el interior del recinto reservado solo para mayores, sin decidirse a importunar a los hombres que rodeaban una mesa colmada de bebidas. Mamire llamó la atención del padre tironeando la punta de su chaqueta. El hombre agachó la oreja hasta la boca del hijo para oír lo que murmuraba. Luego, dijo:

—Doña Gregoria, mi madre, se sentiría muy honrada si ustedes aceptan un convite para esta noche.

Los yatiris asintieron gustosos. El niño salió disparado a la intensa luz de la tarde y llegó sin resuello a comunicar la respuesta.

Mamire estaba emocionado porque sabía que la visita de estos hombres era la mejor ocasión para escuchar relatos antiguos. Esa noche, en efecto, el más viejo de los yatiris contó la leyenda de un hombre al que un día se le apareció un precioso niño. En ese mismo lugar, y sin que se esperara anuncio alguno, se hizo presente la imagen de la Virgen que siempre estuvo en otro sitio. Acudieron los vecinos con la intención de regresarla a su origen. Pero al día siguiente de nuevo fue encontrada en el lugar escogido. Cuatro veces la devolvieron y cuatro veces volvió a aparecer en el sitio elegido por el precioso niño.

—Aquí —dijeron entonces aquellos hombres—, debemos levantar su templo.

Así lo hicieron. Dicen que el hombre de la visión vivió largo tiempo acompañado por el precioso infante que lo siguió hasta su entierro, cuando el cristiano ya no pudo más con sus años.

Antes de que los tres yatiris se retiraran, la abuela Gregoria les hizo una confesión inesperada.

—Es una pena —les dijo—, pero en las festividades solo podré participar en espíritu, que es a fin de cuentas, lo más importante.

—Pero, ¿por qué, doña? —exclamaron ellos.

—No me hallo bien de ánimo y no quisie-ra exigirle demasiado a mi cuerpo, después del maltrato que por más de ocho décadas le he dado.

—No se preocupe. Si usted no puede ir a la Santa Cruz, como siempre lo hizo, la Santa Cruz vendrá a usted —dijo uno de los hombres que saben.

Los padres de Mamire no hicieron la menor demostración ante la sorpresa que les causaban las palabras de la abuela. Pero no pudieron dejar de preocuparse. Aunque hasta entonces no hubieran notado nada extraño en ella, tal vez ocultaba una enfermedad declarada hacía tiempo.

—Madre —dijo el hombre Mamire—, ¿no se siente bien?

—Así es, hijo —respondió la abuela.

—¿Y por qué no lo ha dicho? —insistió el hombre.

—No lo sé, hijito.

—¿Quiere que alguien la vea?

—¿Quién?

—Bueno, la anciana Huarache... También puedo ir a la ciudad y traer un médico. Los muchachos «atrapabrumas» ofrecen la camioneta para cualquier necesidad.

—No es necesario molestarlos por esto. Solo que no podré subir al Aroma para estar junto a la Santa Cruz.

Esa noche todos se fueron cabizbajos a la cama. El último niño se durmió pensando en la abuela, al tiempo que evocaba la bella historia que había escuchado. Con fervor deseó una vez más que algo asombroso ocurriera en el valle, algo que restableciera la salud de Gregoria; y que su padre no insistiera en marcharse, si esto hacía tan desdichada a la abuela.

A la mañana siguiente, Mamire fue a ver a su abuela Gregoria. La encontró en pie, sonriente, como en el mejor de sus días.

—¿Se ha ido ya tu padre a sus labores? —dijo ella sin la menor aflicción.

—Ya se fue. Abuela, ¿está bien usted?

—Lo estoy, nietecito.

—¿No está enferma?

—No, ni pienso.

—¿Y lo que dijo anoche a los hombres que saben, abuela?

—¡Qué bondad la de ellos! ¡Me ofrecieron la Santa Cruz en la puerta de mi casa! Y es lo que pienso hacer, mi nieto.

—Abuela, ¿entonces está alentada usted?

—¿Puedo secretearme contigo?

—Sí, abuela.

—Me siento mejor que nunca. Esa es la verdad.

—Abuela... ¿Es que ha mentido?

—Sí, lo hice... Pero es por una buena razón.

—Siempre dice usted que mentir no es correcto.

—No lo es... Pero las circunstancias lo exigen... Es necesario. Y quiero que así lo entiendas. No debes imitarme en esto. Nunca lo hagas.

—¿Por qué lo hace entonces, abuela?

—Para impedir que te vayas del valle. En Aroma cambiarán las cosas, lo presiento. He conversado con ese muchachito que vino a enfermarse y me ha dicho que ellos se quedarán mucho tiempo con nosotros. Y vendrán más personas, en días no muy lejanos. Entonces, me dirás, nietecito... ¿Justo ahora tienes que irte con tu padre? Pero, anda, que te atrasas para la escuela.

—¿Usted no viene, abuela?

—Para los demás estoy muy delicada de salud. No lo olvides.

Mamire corrió para no llegar tarde a la escuela. Se detuvo un instante en la plaza, porque allí los ancianos levantaban un altar para recibir a la cruz que bajaría del cerro.

En la escuela el maestro ya estaba junto a su mesa de trabajo, ocupado en ordenar esos objetos antiguos que él tanto quería y que siempre desenterraba en las cercanías del cementerio.

—Llegas tarde, Mamire.

—Disculpe usted, señor... —respondió el niño—. Me entretuve en la plaza...

—¿Y doña Gregoria?

—Amaneció delicada de salud, señor —dudó Mamire, dudó.

—¿Enferma?

—Sí... No sé muy bien, señor.

—¿De cuidado?

—Sí... No lo sé, señor.

—Lo extraño es que todas amanecieron con queja. Ya vinieron sus maridos con los justificativos del caso. Bien, esta misma tarde iré a visitar a mis alumnas.

Terminadas las clases el niño quiso correr cuanto antes a casa y advertir a la abuela. Con seguridad iría a visitarla no solo el maestro sino todos los abuelos del pueblo. Antes de que Mamire se retirara, el profesor lo retuvo.

—Tengo que hablar también con tu padre —dijo a continuación.

«¿Con mi padre?», pensó el niño y no pudo dejar de preocuparse, aún sabiendo que no había hecho nada tan reprochable —llegar atrasado y ser cómplice en la mentira de la abuela— como para recibir un castigo. ¿Significaba que el maestro ya lo había descubierto?

Pero no, no se trataba de eso.

—Después de la fiesta te irás del valle —explicó el maestro—. No podré seguir ocultando más la verdadera situación de la escuela. Pensé hacer el informe al término del año escolar, pero tu padre me obliga a redactarlo antes de tiempo.

Mamire descubrió que el profesor también ocultaba una verdad a sus superiores, lo que equivalía a una mentira. De lo contrario, tendría que haber cerrado la escuela por la escasez de alumnos.

—En la ciudad puedo estudiar seis años más que en Aroma.

—Así es, Mamire.

—Y usted, señor... También puede enseñar seis años más en la ciudad.

—Mamire... Las cosas no son como te las pintan... Imaginas que en la ciudad todo es distinto y mejor que aquí, cuando a veces es peor. Quiero decir que, no es ni mejor ni peor, solo diferente, sí, eso es, muy diferente.

—Mi papá cree que a usted también le gustaría...

—¿Irme?

—Sí.

—Bueno, sí... Aunque bien pensado, la labor que realizo en Aroma puede ser más gratificante que lo que yo podría hacer en la ciudad, ¿comprendes?

No. En verdad Mamire no entendía nada. En su cabeza las ideas se agolpaban confusas, sin luz ni salida.

—Mañana no hay clases —dijo el maestro—. Debemos colaborar con los preparativos de la fiesta. ¿Lo ves, Mamire?

—¿Qué cosa, señor?

—Aquí participamos de las festividades. Todo lo que ocurra en el pueblo nos concierne. En la ciudad la vida es más agobiante. Aunque te ofrece comodidad y puedes, si lo prefieres, ver la vida por televisión. Pero, no te retengo más. Nos vemos en la Cruz de Aroma.

—¿Le digo a mi papá que usted le quiere hablar?

—¡Ah! ¡Sí! Supe que don Francisco le propuso hacer un museo... De eso también quisiera hablarle.

La fiesta de la Cruz de Aroma

Aún dormía Mamire cuando de amanecida los yatiris, sin más que su propia compañía, fueron al cerro para vestir y engalanar a la Santa Cruz. Algunos ancianos los vieron subir envueltos en la profunda quietud de la mañana.

El proceso de vestir al madero sería lento.

—Llegó tu día, Santa Cruz —le dijeron ellos casi como en un rezo.

El incienso brotó de las manos de uno de aquellos hombres que saben. Extendió otro la sábana blanca sobre la tierra, mientras el tercero acostaba la cruz sobre el lecho provisorio y casto. Luego le quitaron la paja reseca que la cubría, dejándola desnuda. Incienso, más incienso a los pies de la cruz, en el corazón del madero; en abierto respeto, con pudor, procedieron a vestirla con los atuendos de fiesta.

Mamire despertó con los bronces de la banda que ingresaba al pueblo por la calle principal, llamando con sus sones a todos los vecinos. La música, alegre y diáfana, se oía desde lejos, como si la pampa hubiese abierto de pronto el secreto de sus puertas, invitando a romper el eterno silencio que solo el viento ahuyenta de cuando en cuando.

Apuró el desayuno. Deseaba salir cuanto antes a la calle para sumarse a la fiesta que comenzaba. Tuvo tiempo, sin embargo, para observar de paso a su abuela, comprobando que estaba con la misma buena disposición del día anterior.

En la calle, el sol se había despegado de los riscos y ardía majestuoso en el cielo profundo. Los músicos caminaban sobre una nube de polvo, como si no tocaran el suelo. Encabezaba el grupo, un tambor y un triángulo; le seguían una caja, una zampoña, una quena, un trombón y una trompeta. Descendían los músicos entre muros de barro y piedra. Un torbellino de perros les salió al encuentro. La rítmica comitiva ingresó al amparo de los pimientos, avanzando al encuentro del niño que los esperaba ansioso para montar con ellos en la nube dorada que iría en busca de la cima más alta.

En el cruce de las primeras calles, aguardaba una muchedumbre de ancianos. Entre ellos reconoció a su maestro, luciendo un sobrio traje negro y un espléndido sombrero de paño, desteñido en la copa. Con él también estaban los tres muchachos de las «atrapabrumas», encantados con la festividad que les resultaba una novedad completa.

Divisó de inmediato a los hijos de los abuelos del pueblo que llegaban de la ciudad con sus familias. Entre ellos reconoció, como aparecidos de los telones del viejo teatro que una vez pasó por el pueblo, a muchos de los que en su tiempo fueron sus amigos y compañeros. Mamire se ruborizó con el descubrimiento, se inquietó en medio de la fiesta, quiso correr al centro de la banda y hacerse polvo en el polvo levantado por los músicos.

—¡Mamire! —gritó uno de aquellos niños.

—¡Ocsa! —respondió Mamire.

Ocsa se apartó de sus padres y corrió hacia

Mamire. Ambos niños se abrazaron, al tiempo que se daban de palmadas suaves en la espalda, imitando el habitual saludo de los adultos.

—¡Mamire!

—¡Mamire!

Eran Cevallos y Contreras que también corrían al encuentro. Carmina observaba desde lejos, sin apartarse de sus padres. Lo mismo le ocurría a otros niños, que por falta de costumbre, timidez o vergüenza, se mantenían a distancia, aguardando el momento propicio, en ausencia de adultos, para correr a los brazos de los antiguos amigos.

En la procesión al cerro fue notoria la ausencia de la abuela Gregoria. Tampoco estaban doña Elcira, ni doña Benita, que jamás dejaban de asistir a las fiestas del valle. Algo inusual estaba sucediendo, porque también faltaron las ancianas Huarache, Soto, Gamboa, Choque, Lucai, Caipa, Ocsa, Cevallos, Perea y Contreras. Por primera vez en Aroma, para la Santa Cruz, las esposas y viudas de los ancianos se quedaban en casa, restando su presencia a los festejos.

Entre la gente venida de lejos, Mamire reconoció a los festejantes que nunca dejaban de asistir a los tres días de la Cruz de Aroma. Eran los bailarines, brincadores vestidos con sus atuendos relucientes. Entre los brincadores irrumpieron los reyes y las doncellas, ataviados con telas más tenues que el viento. Eran los hombres y mujeres diestros de siempre, haciendo despliegue de coloridas plumas repartidas en el ropaje; brincadores que emitían al sol reflejos continuos, en rítmicos movimientos, danzando con el cuerpo cubierto de espejos diminutos y por cientos. De pronto, las calles de Aroma se llenaron no solo de gente venida de otros rincones, sino también de vehículos que impedían el paso elegante de las llamas y las vicuñas. Los animales estaban adornados de fiesta y andaban libremente por las calles del pueblo para que por lo menos una vez al año no reconocieran amos ni dueños.

Revivía una vez más el pueblo en el valle, recuperaba a sus hijos dispersos.

Mamire, en el corazón de la procesión, subió al monte en busca de la Santa Cruz que aguardaba en la cima, andando el camino que se hace desde tiempos muy remotos.

El triángulo, en el pulso de los festejantes, llevaba el ritmo. Los músicos eran los únicos sin atavíos de fiesta, vestidos como de siempre, como de todos los días, deslucidos, con la sencillez y humildad de lo cotidiano. «Para no embriagarse en pretensiones», decían. Con la música y el baile, la veneración nacía en cada alma, en cada espíritu aún vivo.

En ese momento, aparecieron más cruces, provenientes de otros rincones de la pampa, de otros pueblos, también en ascenso hacia la Santa Cruz. Allí se sucedieron los saludos, uno tras otro, sin que la música cesara, sin que dejara de acompañar la festividad que solo una vez al año reúne a todos los hijos de Aroma.

Caída la noche, los hombres encendieron la gran fogata, cubriendo de oro la platinada luz que descendía de las estrellas. La banda, con sus alegres sones, no descansó ni un solo instante, acrecentando el regocijo de las familias abrazadas a las cruces de la bienaventuranza.

Mientras aquellos hombres, mujeres, ancianos y niños se reunían alrededor de las llamas, el niño Mamire recordó la historia oída tantas veces a sus abuelos.

«Un día fuimos a ver la cruz y la encontramos en el suelo. Ella no quería estar ahí. Hubo quienes pensamos que no era su voluntad estar allí.

Dijimos, la vamos a acercar más... Entonces, nos fuimos allá en grupo y la llevamos hasta la cima de uno de los cerros que cercan el valle. A los pocos días subimos a encenderle velas en ofrenda y la encontramos de nuevo tirada. No —dijimos—, la Santa Cruz no quiere este lugar... La Santa Cruz de Aroma quiere otro lugar. Nos reunimos los tres yatiris y deliberamos para buscar acuerdo, conviniendo que la misma cruz debía elegir su sitio. Así fue como la llevamos por todos los cerros, la fuimos enterrando en cada cima, hasta que ella misma eligió donde quedarse. Y es donde cada año permanece en espera de su festividad.»

Al día siguiente, la celebración prosiguió con la Santa Cruz en procesión por cada rincón del poblado.

Mamire y los niños venidos de la ciudad eran los únicos festejantes que parecían haber dormido en algún momento de la noche. Amanecía y la banda tocaba, como si nunca hubiese dejado de sonar.

Mamire ocupó temprano su lugar en el campanario de la iglesia y se colgó de las cuerdas haciendo repicar las tres campanas del templo. Con los yatiris a la cabeza, más el señor cura y las autoridades locales, la Santa Cruz fue llevada por las calles del pueblo.

Mamire dejó de repicar y corrió calle arriba para llegar a su casa en el preciso momento en que la abuela Gregoria recibía a la Santa Cruz en su puerta.

En ese momento, Mamire recordó que las abuelas habían mudado el ánimo una a una después de esa noche en que él les contó la historia del joven sabio que logró atrapar al viento.

En la plaza, entre tanto, los niños de la ciudad se divertían con extraños pasatiempos, juguetes que despertaron la curiosidad de Mamire.

... como si nunca hubiese dejado de sonar...

Recordó entonces un juego que algunos niños trajeron para una de las fiestas pasadas. Consistía en un bello panorama del país, con valles, desierto, bosques, cordillera, islas y territorio antártico, dispuesto en una caja cubierta por un vidrio y no más grande que un cuaderno extendido. El paisaje enseñaba un sinuoso camino por el que cual debía transitar una bolita de acero. En varios de los tramos del trayecto, la esfera encontraba orificios que debían ser sorteados y que proporcionaban puntaje. La mayor puntuación se alcanzaba llegando a la meta sin haber caído en ninguno de los orificios que aguardaban como trampas en el camino. Al niño Mamire aquello le había resultado fascinante.

Pero los niños de ahora jugaban ensimismados con maquinitas no más grandes que un paquete de cigarrillos. Aquellos curiosos objetos producían sonidos extraños al pulsar botones de modo constante e incansable. ¿Qué magia poseían aquellos juguetes que atrapaban tan intensamente la atención? ¿Juguetes que impedían levantar la vista para disfrutar de las bellezas del valle? Estos hijos de los hijos del

Aroma no se divertían con los festejos tradicionales; tampoco se deleitaban admirando el lugar donde nacieron sus padres.

Mamire se acercó a ellos para ver imágenes que le arrebataron el habla: arenales diminutos, figuras en perpetuo movimiento cargadas de piedrecillas fosforescentes y una música

constante como la de la brisa en las hojas del pimiento y en las flores del cementerio.

Pero si aquellos niños tuvieran ojos para el desierto, como alguna vez los tuvieron sus padres, verían lo mismo que Mamire: la sal de la pampa llena de reflejos, las piedras que cambian de forma bajo la noche, la brisa que traslada cristales con sus dedos invisibles, los ojos brillantes de los roedores nocturnos en sus correrías de cada luna. Mamire pensó que en lugar de pasarse el día con la vista hundida en aquellos cuarzos mágicos, era más hermoso dirigir la mirada a las estrellas para verlas resplandecer en el vasto firmamento, profundo y sereno.

El juego del «compre y venda»

Mamire niño y Mamire hombre subieron solos hasta la cumbre. Amelia se quedó cuidando a doña Gregoria. Pero, en verdad, Amelia no quería estar presente cuando su marido pusiera en venta la propiedad heredada de sus padres en el juego del «compre y venda».

«Es un juego» pensaba Amelia, «pero lo que se dice allí puede hacerse realidad si se presenta algún interesado».

En la cima del Aroma, Mamire no pudo ocultar su curiosidad ante el poblado ficticio que, como todos los años para estas fiestas, hacían los hombres del valle. Sería, como siempre, un valle recreado. En él los abuelos depositaban su suerte, esperanzas y anhelos.

El niño ayudó a su padre a delimitar la propiedad materna. Su mayor deleite estuvo en el trazado del terreno, en la reproducción fiel de aquella tierra que hacía su padre, dibujando la forma exacta que la chacra real tenía en el valle. Con asombro comprobó que allí un metro cuadrado equivalía a cien de la chacra verdadera.

El hombre Mamire enterró a continuación las plantas traídas en los bolsillos desde el valle y no dejó de sorprenderse por las correcciones que su hijo le hacía a cada instante.

—Esta es una corrida de frutales, papá —advirtió el niño—. Y aquí van las hortalizas.

—¿Y tú, cómo es que lo sabes con tanto detalle? —reaccionó finalmente el padre.

—Porque lo sé —respondió tímidamente el hijo.

—¡No me digas que has estado regando la tierra de tus abuelos!... —sentenció el hombre como anunciando un castigo. El niño no respondió de inmediato. El padre insistió hasta obligar a su hijo a confesar lo que ya sospechaba.

—He estado regando la tierra de los abuelos —dijo el niño.

—¿Tu madre te lo ha pedido?

—Idea mía ha sido.

—¡Y yo que no deseaba sembrar energías en esa chacra! —se lamentó el hombre después de un rato—. Cuando uno la trabaja se encariña y después se hace difícil dejarla. Porque no queremos que esa propiedad nos amarre, ¿verdad?

—Sí —respondió el niño.

—Nos vamos de aquí, ¿no es así?

—Sí, papá.

—Mira, vendemos y con esa plata nos instalamos como reyes en la ciudad. Y allí sí que nada nos faltará. Podrás tener tu propia radio y un televisor a color. Los niños de la ciudad ven lindos programas, que te los pierdes por vivir en Aroma.

En ese momento Francisco Panire comenzó el discurso inaugural, iniciando oficialmente el gran juego del «compre y venda».

—¡Está abierto el banco, chiquillos! ¿Quieren dinero?

—¡También se abre la Municipalidad para cualquier trámite!

—¡Mantengan el orden, ciudadanos, porque la comisaría ya está funcionando!

—¡Y la escuela!

—¡La Gobernación y el hospital!

—¡Vendo hermosa propiedad! —anunció uno de los jóvenes Perea, que todavía conservaba propiedades en el valle, aunque llevaba varios años viviendo en la ciudad junto al mar.

—¡Vendo casa alhajada con hectárea de terreno! —le acompañó en el anuncio otro de los jóvenes.

—¡Compro! —respondió enseguida uno de los ancianos.

—¡Vendo sitio en dos millones! ¡Dos millones!

—¡Compro!

En la sorprendente diversión que se desarrollaba en la cima del cerro, los habitantes más viejos de Aroma, defendían sus propiedades a pleno cielo, adquiriendo de mentira aquellas que en realidad siempre soñaron para heredárselas a sus hijos, cuando el tiempo y la edad así lo dispusieran... Ante el abandono constante que los jóvenes hacían del valle, tal vez era insensato de los viejos pretender más posesiones de las que siempre tuvieron, para dejárselas a hijos que ya no vivían con ellos. A pesar de eso, el juego seguía, según la costumbre, contra viento y deseo.

—¡Vendo chacra con frutales!

—¡Vendo hijuela de la loma!

—¡Vendo sitio en dos millones! ¡Dos millones!

—¡Compro! —replicó otro de los ancianos.

—¡Compro!

El intenso calor de la mitad del día no apaciguó los ánimos de posesión en los ancianos y de desprendimiento en los jóvenes.

El niño fue en busca de sus amigos una vez cumplido el trazado del terreno que su padre pondría en venta. Los niños de la ciudad gozaban con el extraordinario pasatiempo de los adultos, tan distinto a sus diversiones habituales. Ni siquiera en la televisión habían visto nada similar.

Mamire se reunió con Ocsa, Caipa y Cevallos. Carmina se entretenía plantando y sembrando en la tierra de su familia y Mamire comprendió que por el resto del día no saldría de allí. Los cuatro amigos se ubicaron en la loma cercana a contemplar el cielo que se cubría paulatinamente de nubes tan tenues como la seda; un algodón lejano, un cúmulo de nubes que se extendía en lo alto hasta semejar las espumosas olas del mar, ese océano que a Mamire tantas veces le había descrito su padre.

—¡Miren! —gritó repentinamente Ocsa, al tiempo que señalaba hacia el cielo.

—¡Esas nubes son como barcos! —agregó Cevallos.

Mamire vio buques navegando en el azul mientras las nubes formaban arenales blancos en cuyas riberas se detenían las olas.

—¿Así es el mar? —preguntó Mamire.

—¡Un remolcador! —anunció Caipa.

—¡Una grúa! —agregó Cevallos.

—¡Eso parece un edificio! —continuó Ocsa.

—¿Dónde? —cerró los ojos Cevallos, para afinar la mirada.

—¿No ven las ventanas plateadas?

«Edificios, hijo —las palabras del padre resonaron en la mente de Mamire—, son las construcciones de la ciudad. Se levantan con varios pisos. En ellos trabaja o vive la gente.

La diferencia es que cada vivienda está puesta una sobre la otra y se llega a ellas por escaleras, en los edificios viejos, y con ascensores en los modernos».

—¡Sí, ahí está! —gritó admirado, Cevallos—. ¡Ahora lo veo!

—¡Son cientos de edificios! —afirmó en su arrebato, el niño Ocsa, colmado de asombro.

—¡Sí, es una ciudad de aluminio! —replicó Caipa.

—¡De plata y luna! —murmuró Mamire, atónito ante el prodigio suspendido entre nubes de rosa acentuado en el intenso azul de aquel cielo.

Rodeando la cima del Aroma, el brumoso espejismo surgió de la nada; en aquel mar abierto apareció el reflejo de la ciudad deslumbrante, ciudad que Mamire solo tenía en la mente, después de oír tanto a su padre sobre ella. El cielo que rodeaba la ciudad de la ilusión se hizo más azul, al tiempo que las horas empujaban al poniente las luces del día y por el oriente se destapaban las estrellas.

—¡Vendo hermosa propiedad! —prosiguió

el bullicio como si ninguno de los jugadores del «compre y venda» hubiese visto el portento descubierto por los niños.

—¡Compro!

—¡Vendo casa alhajada con hectárea de terreno!

—¡Compro!—¡Vendo sitio en dos millones! ¡Dos millones!

—¡Compro! —gritaban los ancianos casi en coro.

—¡Compro!

Al atardecer, los abuelos de Aroma se mostraban felices. Ningún afuerino de los venidos a la fiesta se había interesado seriamente en las tierras. El juego había sido solo juego. Las heredades permanecían, por un año más al menos, en poder de las familias de Aroma; las tierras continuaban atando al valle a hijos y nietos, impidiéndoles arrancar las raíces echadas allí por los primeros que lo habían ocupado. Los hombres jóvenes, muy por el contrario, no ocultaban su esperanza de deshacerse algún día de aquellos terruños que les encadenaban al pasado. Según la abuela Gregoria, ellos no sabían que así empobrecían; que al marcharse del valle más era lo perdido que lo por ganar. Pero las nuevas generaciones solo tienen oídos para los cantos de la modernidad, desoyendo la voz frágil y gastada de los que más saben, de aquellos por cuyas vidas el tiempo no ha pasado en vano: los abuelos.

Cuando el alcalde dio por finalizado el «compre y venda» de Aroma, la ciudad de la ilusión aún permanecía entre las nubes; el firmamento se pobló de estrellas y los niños, inmutables, siguieron admirando el embrujo de la tarde, alucinados con el sobrecogedor espectáculo que todavía ofrecía aquella urbe levantada en el viento, suspendida sobre las arenas desnudas de la pampa.

Mamire era el más maravillado de todos. Y lamentó profundamente que su abuela no hubiese visto la ciudad del aire dorado. En su corta vida jamás había presenciado una ilusión tan prodigiosa. Si por el día aquellos edificios fueron de cristal o de viento, en ese instante precioso del crepúsculo, aquellas construcciones eran de arena tornasoleada, chispas de sal,

astillas de luna, conchuelas marinas petrifica-
das por el mismo océano que las sembró al interior de los cerros.

Mamire presintió al fin, el término de la
imaginería y corrió junto a su padre, temien-
do haber tardado demasiado y que este tuviese
novedades sobre la chacra de los abuelos maternos. Lo encontró en animada conversación
con el maestro y los tres jóvenes «atrapabrumas». Detuvo su carrera y el prodigio que acababa de presenciar se deshacía como por encanto. A juzgar por el semblante ceñudo de su
padre dedujo que hablaban de algo muy serio.
El hombre solo prestaba oídos a las encendidas
expresiones del maestro que contaban con la
total aprobación de los muchachos que en todo
le secundaban.

—¡Un museo! —decía el profesor— ¡Un
museo es como un libro! En él recoge usted la
memoria de un pueblo; allí se consigna la historia de los hombres, sin palabras, a través de
los objetos creados para desarrollar la vida.

El padre de Mamire no replicaba. Su semblante seco no demostraba enojo. Más bien era un milagro el que conseguía el maestro, al capturar de tal modo el interés del hombre.

—¡Imagine toda la historia que se puede desenterrar en este valle! ¡Es fascinante! ¡Cualquier antropólogo quisiera una oportunidad como esta!

—Además —agregó uno de los jóvenes—, ya se habla de la futura carretera del Altiplano que correrá a lo largo de lo que se conoce como el Camino del Inca.

Hombre y maestro quedaron perplejos con las palabras del joven. «¿Era cierto aquello? ¿Pasaría por el valle una carretera bordeando la cordillera hacia el norte?».

—Y llegará hasta el Cuzco, según está planificado —agregó la joven.

—Solo falta el financiamiento —completó el tercero de ellos.

Entonces recién reaccionó el maestro con más entusiasmo que nunca.

—¿Se imagina? ¡Cuánta gente visitará estos parajes! ¡Cuántos valles y pueblos como Aroma volverán a quedar comunicados como antaño! La vida se hace vida de nuevo. Si yo tuviera la posibilidad de... Pero, de momento usted sabe como están las cosas...

Aquello sobrecogió al niño. «¿Y si convencían a su padre? ¿Abandonaría la idea de vivir en la ciudad junto al mar?». Un nudo amargo apretó su garganta. Las fiestas de la Santa Cruz culminaban; los que a ellas acudieron se irían muy pronto dejando al valle en la misma soledad de siempre.

—Usted sabe —prosiguió el maestro— que nos vamos definitivamente, pero le aseguro que me gustaría ayudar en el proyecto del museo y creo que podría hacerlo desde donde me encuentre..., si es que usted se queda.

—A nosotros también nos gustaría colaborar —agregó la joven.

—Espero estar cerca —continuó el maestro—, lo suficientemente cerca como para poder hacerlo... Espero no tener que alejarme tanto como para que..., no sé si usted me entiende...

—Es que usted no puede irse ahora, profesor —comentó la joven, demostrando que estaba al tanto de la situación del maestro—. Mañana viajamos a la ciudad y si quiere podemos consultar en la universidad el asunto del museo.

—Por mí —respondió el maestro—, pueden hacerlo.

—¿Y usted qué dice? —se volvió al padre de Mamire la joven—. Vamos a buscar material para cubrir más lomaje. Tenemos bastante trabajo, pero igual le ayudamos en la creación del museo.

El padre de Mamire estaba demasiado aturdido como para responder de inmediato. Aunque seguía considerando aquella idea como una loca aspiración, reconoció que esa gente no hablaba solo por hablar. Y aquello de la carretera, otro sueño, un proyecto más, esos planes afiebrados que jamás se llevan a cabo. «¿Y si fuera cierto alguna vez?» Las dudas le acometieron como aves voraces tras el alimento. Así, al menos, se lo hizo ver más tarde a su hijo, culminado el juego del «compre y venda», antes de que Mamire se lanzara cerro abajo en desenfrenada carrera hacia la iglesia.

—¿Todavía quieres conocer la ciudad, hijo?

—Sí —respondió Mamire, evocando los edificios de la transparencia que se disolvían en el viento.

—¿Y el mar?

—También —a su mente corrieron presurosas las nubes de aquella tarde preciosa.

—¿Te importaría esperar unos meses?

—No —respondió Mamire sin el menor atisbo de desencanto.

—Me preocupa la salud de tu abuela —prosiguió el padre de Mamire—. A veces me asalta un miedo terrible, un miedo que a veces se cumple...

—¿Cuál?

—Que la pampa consigue enloquecer a los que la habitamos. ¿No es eso lo que le ocurre a tu abuela, quizás? Pero a ratos pienso que todo es un engaño... La salud de tu abuela, los viejos que se quedan tan solos, el terreno de tu madre, las fantasías de las que tanto se habla en Aroma... No lo sé, hijo. Por primera vez tengo dudas de si será bueno que nos vayamos para siempre del valle.

Mamire aprovechó de inmediato la posibilidad que su padre le daba de tocar otra vez el tema que hasta entonces se había mantenido oculto.

—¿Puedo regar la chacra de los abuelos?

—Esas son buenas tierras, hijo. Me alegro que te preocupes de ellas. ¿Y sabes? Se me ocurre que podemos hacer algunos cambios. Me encantaría preparar un pedazo de terreno para las vides que cultiva Contreras. Dan un pisco que se vendería muy bien en la ciudad.

Mamire sintió que su corazón daba un brinco en el pecho y tuvo el impulso de salir corriendo como un animalito en estampida. ¿De tristeza? ¿De incertidumbre? ¿De alegría? Su padre ya no pudo seguirle manifestando sus preocupaciones y dudas. Mamire corría cerro abajo. Feliz, porque por primera vez su padre se mostraba tan comunicativo con él. Dichoso porque parecía cumplirse el deseo de la abuela. Con tristeza, porque su anhelo de ver por fin la ciudad y el mar, quedaba postergado. Indeciso, al no saber si el maestro seguiría enseñando en la escuelita del valle.

En su carrera se detuvo dos o tres veces a verificar si la ciudad de la transparencia aún permanecía en el cielo. Solo vio el cosmos azulino emergiendo cargado de luceros. Sobre la encumbrada cima del Aroma creyó distinguir apenas la punta del último rascacielos, brillando intensamente entre los cuerpos celestes. Pero aquello duró tan solo un segundo, porque sin demora, se desdibujó finalmente en medio del ajetreo de las estrellas, a cada segundo más intenso.

En otro segundo el niño corría de nuevo, del cerro al valle. Sus pies levantaban casquetes del polvo seco y esquivo en el duro terreno de la resquebrajada pendiente. La manta de Mamire aleteaba en el descenso como los impulsos de un pájaro intentando alcanzar el vuelo.

En la iglesia encontró al señor cura preparándose para oficiar la misa vespertina. El sacerdote recibió a Mamire con una amplia sonrisa de satisfacción. Le agradaba contar en Aroma con un monaguillo tan diligente.

A los pocos segundos, las tres pequeñas campanas del valle repicaban chispeantes, manteniendo el ritmo continuo hasta que en Aroma no hubo un solo cristiano que no acudiese a su llamado.

La escuela llena de niños

Aquel lunes encontraron cerrada la puerta de la escuela. Los abuelos y Mamire tuvieron que empujar una de las pesadas hojas de madera para ingresar al recinto. El profesor tampoco aguardaba en el patio, como solía hacerlo al inicio de cada jornada.

Resueltos se dirigieron a la sala de clases. Aquella puerta, sin embargo, estaba entreabierta; el maestro se hallaba junto a su mesa de trabajo, desalentado y manipulando mecánicamente un enorme candado amarillento.

—Buenos días, señor —saludaron los ancianos en una sola voz, apiñándose bajo el marco de la puerta.

—¡Buenos días! —respondió sorprendido el maestro.

Los ancianos y el niño se dirigieron respetuosamente a los bancos, aguardando la autorización de sentarse. El profesor les miró desde el pupitre, abrió y cerró nerviosamente el candado varias veces antes de hablar.

—Mamire...

—¿Sí, profesor? —respondió el niño.

—¿No te has ido aún con tu padre? ¿No tenía la intención de irse después de las fiestas? —prosiguió el maestro en tono lastimero.

—Mi papá se queda en Aroma, señor.

—¿Se queda?

—No quiere dejar sola a la abuela. Tiene mucho trabajo con las pantallas. Y mi mamá está contenta atendiendo a los que atrapan brumas.

—¿Te quedas hasta fin de año?

—Sí, señor.

—¡Qué me dices, alumno! —exclamó el maestro—. ¡Yo pienso cerrar la escuela y marcharme!

—¿Cerrarla? —exclamó Panire.

—Ahora no puede hacer eso, profesor —agregó Contreras—. No cuando hemos venido en lugar de nuestras doñas.

—Aprecio la buena disposición —replicó el

profesor—, pero no sé hasta donde puedo prolongar este disparate... Tanto ustedes como las doñas no son en verdad mis alumnos y como tal tengo solo uno... Créanme que lo siento pero... estoy desalentado. Escribí un informe a la Sub-Dirección Provincial de Educación y en él consigno que culminada las fiestas de la Santa Cruz, mi escuela ya no cuenta con el número suficiente de alumnos... Quisiera poder finalizar el año como corresponde... —No pudo proseguir. Se le quebró la voz como un fino cántaro de vidrio hecho añicos en el borde de una fuente de piedra. Del bolsillo interior del vestón rigurosamente sobrio, sacó un pañuelo blanco y se enjugó el par de lágrimas que rodaron inflexibles de sal por las mejillas quemadas al sol y al viento.

—Creo que no será necesario que usted envíe ese informe —respondió Panire. Y dirigió sus ojos al niño Mamire—. Nieto, ¿quieres hacer lo que te pedí hace un momento?

—Sí, abuelo —replicó el niño y saltó como pinchado por una aguja—. Permiso, profesor —dijo Mamire y salió de prisa. El maestro alcanzó a ver las piernecitas del niño sobre el polvoriento entablado de la sala corriendo con la misma vitalidad que lo hacían en el patio detrás del balón reglamentario.

—¿Qué intenta hacer, señor Panire? —protestó el maestro.

—Ya lo verá usted —respondió el anciano. Y se podría haber afirmado que la felicidad se plasmaba en el rostro de la autoridad del pueblo como una tela recién pintada.

En ese momento se oyeron voces femeninas y gritos de niños provenientes del patio. Las voces, discretas, se acercaban a tientas; los gritos, intensos y desenfadados, se apoderaron rápidamente del recinto.

Cuando el profesor se disponía a dejar su asiento para ver qué ocurría, llamaron a la puerta.

—¡Adelante! —respondió enérgico.

Una mujer, precedida por Mamire, apareció en el umbral y tras ella, dos o tres madres. Los gritos de los niños seguían rebotando en los muros exteriores de la sala, como un balón en perpetuo movimiento.

—Perdón, señor... —balbuceó la mujer—. ¿Podemos hablar con usted?

—Hija, háblele con confianza —intervino Panire—. El señor preceptor es razonable.

—¿Le haría usted un lugar a nuestros niños en la escuela?...

—Lugar es lo que más sobra, pero...

—Señor —reiteró la mujer—, no sabemos cuánto tiempo más estaremos en Aroma... Puede ser un par de semanas... Y no queremos que los niños pierdan escuela...

El maestro enmudeció del todo. Mamire pestañeaba. Ninguno de los ancianos hizo el menor comentario. En el techo del recinto aleteó de pronto un ave de alas blancas. Los niños gritaban a más no poder en el patio y uno de ellos entró chillando en la sala, al tiempo que llamaba: «¡Mamá, mamá!» Era más pequeño que el resto. El maestro le observó con interés y Mamire podría haber jurado que en ese instante preciso, lucía más alegre que preocupado. El maestro sonreía. Don Francisco miró a la mujer y le cerró un ojo con picardía, tal vez, como lo hacía en sus tiempos de joven.

—Según vemos —comentaron satisfechos los ancianos—, el profesor no nos necesita.

En definitiva, ese lunes fue una prolongación del domingo, el gran día de las despedidas. Aquel domingo, los hombres se habían reunido en la plaza antes de partir. Se habrían marchado del pueblo como siempre, llevándose a sus mujeres e hijos. Pero las abuelas se mantenían recluídas en casa, aquejadas de lo inexplicable. De nada se lamentaban las doñas. Solamente parecían no tener el cuerpo en armonía con el alma. Algo que las dejaba demasiado tiempo sin articular palabra, en especial frente a los hijos que se ausentaban, con la vista clavada en los ventanales abiertos a la complicidad silenciosa de los montes cercanos.

Los hombres se fueron dejando a sus esposas en Aroma, molestos y preocupados con esta extraña enfermedad que inesperadamente les complicaba la partida.

En casa de Mamire, en cambio, la situación fue diferente. El único hijo de Gregoria postergó sus planes. Y lo que más maravilló a la abuela y a su nuera, fue que el hombre no se angustió ante la partida de los demás. Lo retenía aquel quebranto de salud por la que atravesaba la doña. Sin embargo, se le notaba contento. Con los días le había mejorado el ánimo, como el pan que se levanta al calor del horno. Estaba satisfecho con lo que hacía en el valle.

Le gustaba cada vez más participar en el proyecto «atrapabrumas», que ya no consideraba tan loco; se sentía agradecido por el agua que obtenía sin dificultad del pozo. Le animaba ver tan contenta a su mujer, como rejuvenecida, como cuando eran sólo novios, como cuando ella tenía a sus padres vivos.

13

Las aulas del valle

Recién el martes se reiniciaron las clases, como Dios manda. El maestro lucía resplandeciente. Se había puesto su terno de paño y llevaba una corbata que nadie le había visto antes. Por primera vez, después de mucho tiempo, contaba con la cantidad suficiente de alumnos para formarlos en dos filas auténticas; los pequeños adelante, los grandes al final, como se hace en todas la escuelas de la República.

Lo que al comienzo fue motivo de inmensa alegría, no dejó de ser una complicación para el maestro. Había recibido niños de cursos diferentes y tuvo que amoldarse rápidamente a las diferencias de nivel en cada materia. El maestro separó el pizarrón en tres partes, distribuyendo allí la enseñanza, según la correspondencia con cada curso en particular. Aquel primer día fue complejo. A veces se confundía y parecía incapaz de salir del atolladero. De pronto se volvía a los niños con los ojos brillantes de emoción al tiempo que decía: «¡Bien, alumnos! Comenzaremos con la historia de Aroma, porque seguro es que no todos la conocen. En tiempos muy lejanos, los incas usaron este valle como descanso. Un tambo para que en él se refrescaran los viajeros y los chasquis, aquellos corredores incansables que portaban los mensajes del Inca. Posteriormente, los españoles, en su azaroso camino desde Lima, hacia lo que más tarde sería el Reino de Chile, encontraron ideal transformar el valle de Aroma en posta de auxilio. Aquí se detenía el postillón Real, llevando el correo a la Capitanía de Santiago. En este valle los hombres de aquellos tiempos hallaron siempre caballos frescos de reserva. Como Aroma tiene forma de falda, la hechura de una verdadera vasquiña, sus habitantes, por extensión de la palabra le llamaron Huasquiña, que es el nombre que lleva el cerro aquel que se ve en la dirección que indico con mi mano. En 1752 —prosiguió el maestro— el Virrey del

Perú ordenó que se levantara la primera iglesia de Aroma. En esos años llegó también al valle el primer peral, la primera higuera, el primer damasco, árboles frutales que no existían en estos parajes».

—El resto de la historia de Aroma la conoceremos en terreno —anticipó vigorosamente el maestro. Y al día siguiente programó salidas a los montes vecinos con los ancianos para que ellos también enseñaran a los niños lo mucho que saben.

A partir de entonces, comenzaron a reunirse por las tardes en la plaza para realizar breves expediciones. Los niños, aconsejados por sus abuelos, acompañaban a Mamire en las labores de pastoreo y al caer la tarde, lo seguían hasta los surcos del regadío, de tan buen grado y con tal entusiasmo, que sin darse cuenta fueron olvidando aquellos juguetes traídos de la ciudad.

Al cuarto día de clases los niños seguían a Mamire y a los abuelos en todos sus hábitos bajo la atenta mirada del maestro. Los niños vieron reunir el ganado, abrir los pasos de agua, alimentar a los animales corraleros, cazar aves de cerro con un palito y un puñado de trigo esparcido alrededor de una jaula improvisada.

Sin siquiera notarlo, cada cual se fue haciendo dueño de lo suyo. Se cumplía lo que doña Gregoria no se cansaba de repetir: «Que todos somos dueños de la riqueza que puso Dios en el universo. Que solo tenemos que reclamar con amor lo que merecemos y que ya es nuestro».

Pero esos niños no solo se apropiaban de lo suyo, sino que además asumían las tareas que correspondían a cada uno.

Un día el abuelo Caipa subió con ellos al monte.

—¿De quién es este rebaño? —preguntó el anciano.

—Creo que es mío —dijo uno de los chicos.

—¿Cómo que creo? —insistió Caipa.

—No estoy muy seguro... —quiso responder el niño.

—Abuelo...

—Soy tu abuelo Caipa. Y te repito que debes reconocer tu rebaño. Porque estos animales son de los abuelos de Aroma, es cierto, pero ustedes son los nietos de este maravilloso valle. ¿Entienden?

—Sí, abuelo Caipa —replicó el mismo chico.

—Bien —prosiguió el anciano—, ahora les voy a enseñar cómo reconocer a sus animales. Vean. Todos tienen una marca en las orejas. A ver... Estos tienen tres cortecitos con lanas azules. ¿De quién pueden ser?

Los chicos no respondieron.

—¿A quién pertenecen estos animales, Mamire? —insistió el anciano.

—Al abuelo Cevallos.

—¡Eso! —confirmó el anciano—. ¿Hay aquí algún nieto de Cevallos?

—¡Yo! —dijo Cevallos.

—Bien —prosiguió el anciano—, este es tu rebaño. Aprenderás a ser su pastor y dueño.

El chico se sonrojó de puro contento, porque jamás imaginó poseer tantos animalitos. A continuación el anciano Caipa les enseñó cómo se llamaba a los animales y qué órdenes se les daba a los perros voluntarios en el pastoreo.

Esa tarde, el anciano Caipa los hizo caminar mucho, porque fueron reuniendo a cuanto animal pastoreaba suelto, como si a nadie perteneciera.

Otro día, cuando ya caía la noche, Mamire los llevó a todos a la casa de la abuela Huarache, que los recibió de buen talante aun cuando se declaraba delicada de salud.

—Abuela —dijo Mamire—, mis compañeros quieren conocer los colores de los cerros.

La abuela Huarache salió con ellos al exterior de la casa, les fue mostrando cada loma, explicando por qué se coloreaban distinto, según la hora del día, por el tránsito que hacía el sol.

—Si ven que el cerro toma un tinte rojizo —dijo la abuela Huarache—, está diciendo que encierra cobre en sus entrañas, y más clarito cuando la roca tiene aureolas verdes y azules. Así me lo decía siempre mi finadito marido, muy sabedor de los asuntos mineros. Si ven tonos amarillos en el cerro, tintes dorados y que no se empaña, brinquen de alegría, niños míos, porque allí hay oro nativo.

Los abuelos, impacientes, esperaban su turno para salir cuanto antes con sus nietos a enseñarles aquello que era propio de su dominio.

—Abuela —dijo Mamire un día a doña Gregoria—, mis compañeros quieren saber cómo se echa en tierra el riego.

La abuela lo pensó un momento. Suspiró bien hondo, tan acomodada como estaba en su silla de siempre, haciendo punto con pitilla.

—Tú sabes, nieto, que no me atrevo a salir de la casa —Miró a su nuera, esperando alguna reacción de ella que confirmara sus palabras, para recomendar finalmente—. Pero tú mismo podrías enseñarles.

—Todos los abuelos enseñan lo que saben.

—Ellos no están con el ánimo delicado —respondió doña Gregoria.

Esa misma noche la abuela Ocsa no se hizo de rogar para revelar los cantos del valle.

«Quisiera que volvieran
los años de mi infancia
para vivir alegre y sin preocupación.
Quisiera que volvieran
esos días tan felices esas lejanas horas
que surcan en mi mente.
Si todo es quimera y pura fantasía...».

El abuelo Choque salió con ellos otro día y les mostró cómo atrapar pájaros con una varilla flexible. Los chicos, fascinados por la emoción que les causaba mantenerse largas horas en silencio, pusieron a prueba su paciencia. No atraparon pájaro alguno, pero el abuelo Choque cazó un matacaballos precioso, de larga cola negra. Los niños no pudieron ocultar su asombro cuando el abuelo Choque preguntó si alguien deseaba llevárselo para cocinarlo en la casa. Como todos dijeron que ni por nada se lo comerían, lo dejó libre.

Al día siguiente salieron temprano al salar más cercano. Quien guiaba la excursión era el abuelo Perea, quedando el maestro de la escuela como uno más de la expedición. El salar, es el terreno más plano que se pueda encontrar en aquellos alrededores. De día parece una laguna de plata y de noche, el profundo lecho donde dormitan las estrellas. En la región hay montes de escasa altura, los que el cóndor ni siquiera visita, y cuyos faldeos no escuchan lluvia por canto ni por llanto.

Perea y su comitiva de niños se internó por

las quebradas para encontrar lagunas pobladas por bellísimos flamencos de patas largas y delgadas. Los niños admiraron asombrados el precioso plumaje de finos tonos rosados de las pacientes aves. Los flamencos gustan de la quietud de las alturas y suelen estarse tan quietos y semihundidos en el agua que de pronto parecen una parte más del paisaje.

—¿Cómo se sienten? —quiso saber el maestro.

—Cansados —respondieron los alumnos.

—¿Arrepentidos de haber venido?

—¡No! —gritaron llenos de entusiasmo.

—Bien, vamos a ver si podemos acariciar uno de esos flamencos.

No pudieron. Pero los vieron emprender el vuelo, que es igual que acariciarlos. En el batir de alas hacían flamear su plumaje, semejando nubes nacidas de las entrañas de las aguas.

—Por la noche —agregó el maestro—, se recogen en esos promontorios de lodo y piedra volcánica.

—Los flamencos —prosiguió el abuelo Perea—, anidan también a la orilla de lagunas como esta. Hacen su nido de barro y las hembras ponen un solo huevo cada una. Tanto ellas como los machos se turnan para empollarlo. El gran peligro que enfrentan es el acecho del zorro. El muy astuto sabe que después de las marchas nupciales, que es cuando estos pájaros buscan pareja, viene el tiempo de los nidos. Por eso los flamencos cuando ven que el zorro se aproxima, emprenden el vuelo, y hacen señas con las alas, a la vez que emiten un cantito leve que sólo ellos escuchan. El zorro es muy bribón, niños, sabe perfectamente que cada mañana, con los primeros rayos del sol, y por razones que nadie se explica, los flamencos se quedan inmóviles como si estuvieran tullidos; es el momento que aprovecha el zorro para robar un huevo o para atrapar un polluelo indefenso. Los flamencos han ido aprendiendo. Ahora hacen sus nidos al interior de la laguna, obligando al zorro a entrar en el agua, y como el fondo fangoso se abre con el peso del animal, este se hunde y queda atrapado.

Antes de que cayera la tarde, iniciaron el camino de regreso para que las sombras heladas de la noche no los sorprendieran en plena pampa. De cuando en cuando se detenían para observar extasiados la hora de los arreboles. Es cuando el sol se pone, cuando todo el paisaje se torna violáceo. Es cuando el paso del viento parece murmullo de olas.

Los niños alcanzaron a ver las aguas esmeraldas de la laguna y el precioso tinte anaranjado que a esa hora cubre las rocas, las piedras, la arena. Entonces, apuraron el tranco porque deseaban llegar cuanto antes a las casas de los abuelos para acariciar a los perros del patio, las llamas, las ovejas del corral y a las aves del gallinero.

—¿Qué piensas tú, Mamire? —le susurró al oído el maestro.

—¿De qué, profesor?

—¿Crees tú que estos niños prefieran cambiar las maravillas de estas tierras con lo que tienen en la ciudad?

—No sé, profesor —respondió timidamente Mamire.

—¡No las pueden cambiar, alumno! —exclamó el maestro con total seguridad—. ¡Dudo de que en la ciudad encuentren algo de lo que tenemos acá! ¡Esa es la pura y santa verdad!

Esa noche, se tendieron de espaldas en la mejor de las laderas mientras el abuelo Gamboa enumeraba los astros del cosmos y los invitaba a ponerle nombres a las estrellas que descubrían. Mamire, que se sabía aquello casi de memoria, se dedicó a contemplar el encanto que cada hallazgo producía en Carmina. Y esa noche le pareció a Mamire cuán verdad era lo que decían los abuelos: que el cielo de Aroma es el más hermoso del desierto.

Los nuevos afuerinos

Un mes más tarde, llegó al valle un grupo de investigadores. Algunos de ellos provenían de una universidad extranjera, de un país tan desértico como el hogar de Mamire. Los científicos, como les bautizó el maestro, traían semillas de un arbusto llamado jojoba. Aseguraban que en Aroma crecería muy bien, que de ahí a un tiempo no muy lejano, los habitantes del valle no querrían plantar otra cosa.

—¿Cómo es eso? —indagó Francisco Panire.

—La jojoba se usa en la fabricación de cosméticos —respondió uno de los recién llegados—. Como usted comprenderá, si aquí se produce bien, se la puede exportar en grandes cantidades.

—¿Quiere usted decir —interrumpió Panire—, que habría trabajo para mucha gente?

—Usted lo ha dicho —confirmó el hombre.

—¡Esa sí que es una buena noticia! —exclamó el anciano.

Nuevos huéspedes llegaban al valle, en tiempos que no eran de fiesta ni celebraciones. Algo extraordinario seguía ocurriendo en Aroma. Más personas que atender, más labor para la madre de Mamire; quizás más adelante, si su esposo así lo convenía, terminaría ella con una posada para hacer aún más grata la estadía a los visitantes. Los recién llegados decían que permanecerían allí un tiempo muy largo. Por lo menos, hasta que la jojoba se aclimatara y creciera, hasta que en el valle se convencieran de lo bien que se podía regar con el agua obtenida de aquellas pantallas «atrapabrumas».

Llegó también al valle otro grupo de científicos. Venían a observar el eclipse del 3 de noviembre, el último del siglo. Se comentaba en el pueblo que no muy distante de allí se iniciaría la construcción del centro de observación de estrellas más importante del planeta; porque cielos, claros y transparentes, como los de

Aroma no los había en ninguna otra parte del mundo.

Pensando en el eclipse, los abuelos comentaban preocupados:

—Vamos a poner un espejo en un lavatorio con agua —dijo el abuelo Ocsa— para que en él se mire la luna. Para que no se le ocurra desaparecer.

—No, Ocsa, el eclipse es de sol —aclaró el abuelo Choque—. Y no me gusta que el sol se esté apagando. Se me figura enfermo.

—Es el tiempo de su debilidad —acotó el abuelo Caipa.

—Leseras, Caipa —sentenció Contreras—, lo mismo dijiste para el eclipse del 66, ¿recuerdas?

—Ah, sí que me acuerdo —dijo Lucai—. Vi un destello que pasó cerca del sol. La oscuridad total me pilló pastoreando en el cerro.

—Pero lo importante es que después de la oscuridad, Inti regresa con más luz que antes, entonces la vida prosigue completa.

—Lo cierto es que vienen esas personas y harán esos trabajos que dicen.

—¿Traerán más de algún progreso? Digo.

—Pero, por supuesto, chiquillos.

—Imagínense que construyan ese observatorio...

—Entonces, se necesitará mucha mano de obra —comentaron los ancianos.

—¡Claro, Contreras! Imagina, carpinteros, albañiles, estucadores, pintores, electricistas...

—Ahora es cuando debo hacer que mi primo Máximo me visite —manifestó Gamboa—. Es astrónomo autodidacta, como le dicen, y vive en el vallecito Verde, entre el Turbio y el Claro. No más quiero que vea lo que siempre le dije: que cielos como los de Aroma no se encuentran en ningún otro sitio.

—Ahora es cuando un museo se hace más necesario que nunca. —comentó don Francisco—. ¿Qué dices, Mamire?

—No sé, no estoy tan seguro...

—Supe que el preceptor te ofreció su ayuda —insistió el abuelo.

—Bueno, el profesor tiene sus ideas... Hasta quiere ir a la ciudad para conseguir un experto de la universidad...

—¡Pero, claro que sí, Mamire! —exclamó el anciano—. Si lo dice es porque puede hacerlo. ¿No es así, chiquillos?

Los ancianos asintieron con la cabeza, corroborando cabalmente las afirmaciones de la autoridad de Aroma.

No pasó demasiado tiempo antes de que el hombre Mamire, junto con el profesor y los tres «atrapabrumas», intentara un domingo la primera excavación en terrenos aledaños al cementerio. Con ellos iban los amigos de Mamire y, además, Carmina que quiso acompañarlos apenas supo el motivo de la excursión. En medio del silencio, roto a veces por el suave tintinear de las coronas de latón, hicieron los primeros hallazgos importantes: trozos de cacharros indígenas y puntas de flechas. Mamire y Carmina trabajaron juntos aquella mañana, sin hablarse casi, puesto que el uno sentía en cada instante la compañía del otro. El maestro, con sus incipientes conocimientos de arqueología, recomendaba cómo escarbar la tierra y con qué cuidado se debían limpiar los objetos desenterrados.

Carmina ponía tal minuciosidad en su labor que Mamire se deleitaba observándola.

—Tenemos tanto que pegar —comentó Carmina.

—Así es —agregó el maestro—, hay que recomponer estas piezas que pueden tener un valor incalculable.

El museo de Aroma empezaba a hacerse realidad. El hombre Mamire se mostraba cada vez más afable con el maestro, como si entre ellos naciera una profunda amistad. La misma que crecía entre Carmina y Mamire.

Una tarde, doña Gregoria no pudo soportar más su aislamiento.

—¡A ver, nietecito...! Dígale a sus compañeros que ahora mismo les enseño los secretos del agua.

—Abuela... —titubeó Mamire.

—¿Qué ocurre, mi nieto?

—No hace falta que usted lo haga.

Mamire confesó que él ya lo había hecho, que todos ellos estaban regando de tarde las chacras de sus abuelos. Se lo dijo, sabiendo que tal vez con ello la decepcionaba.

—¡Qué bien, mi nieto! —exclamó doña Gregoria—. En todo caso quiero ver cómo andan las cosas en Aroma.

—Abuela... —prosiguió Mamire—, ¿si usted se alienta querrán también alentarse las abuelas?

—Creo que ya es tiempo de hacerlo, mi nieto.

—¿Mi papá querrá irse del valle, entonces?

—¿Porque me ve alentada? ¡Entonces será mejor que alarguemos la dolencia, que bien vale el sacrificio, mi nieto! —exclamó doña Gregoria—. Las abuelas nos quedamos en casa todo el tiempo que sea necesario. Pero quisiéramos salir de visita de vez en cuando y repetir esa tertulia tan amena que tuvimos contigo.

Y después de un momento, agregó:

—¿Recuerdas tu deseo de que yo tejiera una red invisible? Bueno, creo que entre todas lo logramos, ¿no te parece, nietecito?

Mamire dejó de pensar en la red invisible que lo detendría a él y a su padre; también, poco a poco, dejó de pensar en ello doña Gregoria, que fue colmando su alma de alegría porque su hijo se quedaba gustosamente en el valle.

—Ahora ya no quiero irme —se confesó un día Mamire.

Y pensó en el hermoso vuelo de los flamencos y en la maravillosa forma que tomaban los labios de Carmina cuando miraba el cielo de Aroma. Pensó en lo divertido que era salir a regar y pastorear en la compañía de sus amigos. Pensó en lo diferente que era la escuela ahora. Pensó en los abuelos, en el maestro, en su padre y en su madre. Pensó en la vida que les animaba el alma. Pensó que al pensar de nuevo en la ciudad, la que él se imaginaba, se desvanecía de golpe, como se esfumó la ciudad de la transparencia después del juego del «compre y venda». Pensó que quizás el mar no era tan hermoso como los cielos del valle, las lagunas y el salar. Y pensó también que algún día viajaría a conocerlo. Ya habría tiempo para ello.

En todo esto pensó felizmente Mamire, hasta entonces, el último niño del valle.

Nota del autor

El valle de Aroma no aparece en atlas ni ma
pas. Es un pueblo del norte de Chile habitado
solo por ancianos que se niegan a abandonar
la tierra en que nacieron. Tal vez por ello, viven más con la memoria y la fantasía que con
la realidad que los circunda. Y esta es la razón
por la cual yo, que nací tan lejos del desierto,
me interesé en escribir la historia de Aroma;
porque es lejana, misteriosa y existe tan solo
en las páginas de este libro.

En este valle, donde las flores no abundan,
los entierros se acompañan con flores de lata.
No se desperdician las tapas de las bebidas ni
los envases de alimentos enlatados. Todo sirve
para confeccionar coronas que el viento mece y
hace cantar en el desierto. Y así como canta el
viento, canta el agua, el bien más preciado. De

cir río es decir alegría, porque el agua se escucha más con el alma que con el oído. Decir río es decir fantasía: ¿Escucho un correr de agua en el fondo de mi patio?

El hombre de Aroma vive lentamente, no solo por la altura que adelgaza el aire, sino por los contrastes de calor y frío intensos que soporta a distintas horas de un mismo día; contrastes de cimas y valles, altura y profundidad que lo rodea.

Esta es tierra de poesía, de maravilla y de amplitud de espíritu. Porque quise transitar por sus caminos luminosos, me sedujo hacer un libro como el que aquí ofrezco.

Víctor Carvajal.

El autor agradece al Fondo de Desarrollo de la Cultura y las Artes (Fondart)

Víctor Carvajal

Nació en Santiago de Chile. Es uno de los escritores chilenos de mayor trayectoria en el área de la literatura infantil, con diversas publicaciones en narrativa y drama. En sus obras muestra la vida de los niños y jóvenes de América. Ha recibido varias distinciones, entre las que destacan The White Ravens 2001 y Consejo Nacional del Libro y la Lectura 1995 y 1997. En Santillana Infantil y Juvenil ha publicado *Caco y la Turu*, *Como un salto de campana* y *Sakanusoyin, cazador de Tierra del Fuego*.

Índice

1   El valle de Aroma   9

2   Los primeros en marcharse   12

3   Un domingo a la hora del té   18

4   En casa de Contreras   34

5   Maestro y alumno   39

6   Una historia sorprendente   49

7   Las abuelas en la escuela   57

8   Los jóvenes «atrapabrumas»   67

9   Los tres yatiris   82

10 La fiesta de la Cruz de Aroma   92

11 El juego del «compre y venda» 103

12 La escuela llena de niños   120

13 Las aulas del valle   127

14 Los nuevos afuerinos   139

Nota del autor   147

Biografía del autor   151

Otros títulos de la serie

Sara Bertrand
La casa del ahorcado

La momia del salar

Elsa Bornemann
Queridos monstruos

¡Socorro!

No somos irrompibles

Roald Dahl
El Dedo Mágico

Los Cretinos

Las brujas

María José Ferrada y Pep Carrió
El lenguaje de las cosas

María José Ferrada y Rodrigo Marín
La infancia de Max Bill

Peter Härtling
Ben quiere a Anna

La abuela

Andrés Kalawski
Niño Terremoto

E. L. Konigsburg
Dos niños y un ángel en Nueva York

Mauricio Paredes
Cómo domesticar a tus papás

Verónica la niña biónica

Supertata vs. Míster Vil

PePe Pelayo y Betán
El chupacabras de Pirque

El secreto de la cueva negra

Luis María Pescetti
¡Buenísimo, Natacha!

Frin

Natacha

Nuestro planeta, Natacha

Pato Pimienta
Falco

Beatriz Rojas
Ritalinda

Ritalinda es Ritasan

Ritalinda vegetariana

Yolanda Reyes
El terror del Sexto "B"

Gianni Rodari
Cuentos para jugar

Sempé y Goscinny
El pequeño Nicolás

Las vacaciones del pequeño Nicolás

Angela Sommer-Bodenburg
El pequeño vampiro

Oscar Wilde
El Príncipe Feliz y otros cuentos

Aquí acaba este libro
escrito, ilustrado, diseñado, editado, impreso
por personas que aman los libros.
Aquí acaba este libro que tú has leído,
el libro que ya eres.